U0575723

天中国 ——

行走的光芒

李汀 ◎ 著

三环出版社
SANHUAN PUBLISHING HOUSE

图书在版编目（CIP）数据

行走的光芒 / 李汀著 . -- 海口 : 三环出版社（海南）有限公司, 2024. 9. --（大美中国）. -- ISBN 978-7-80773-296-9

Ⅰ. I267

中国国家版本馆 CIP 数据核字第 2024UX6850 号

大美中国　行走的光芒

DAMEI ZHONGGUO　XINGZOU DE GUANGMANG

著　　者	李　汀
责任编辑	符向明
责任校对	华传通
装帧设计	吕宜昌
出版发行	三环出版社（海口市金盘开发区建设三横路 2 号）
	邮　　编 570216　邮　　箱 sanhuanbook@163.com
社　　长	王景霞　总编辑 张秋林
印刷装订	三河市同力彩印有限公司
书　　号	ISBN 978-7-80773-296-9
印　　张	13
字　　数	150 千字
版　　次	2024 年 9 月第 1 版
印　　次	2024 年 9 月第 1 次印刷
开　　本	690 mm × 960 mm　1/16
定　　价	68.00 元

行走的光芒
Contents 目 录

西藏，清水一样的光芒

微笑，一枚熟透的苹果

　　去年九月去过西藏一次。就一次，我深深记住了那个遥远的地方。不是因为西藏的雪山，不是因为西藏的草原，也不是因为那蓝蓝的天空和洁白的哈达。

　　当雄，藏语意为"挑选的草场"。在去当雄县的路上，一路神往的是西藏第二大湖——纳木错，它依偎在终年积雪的念青唐古拉山脚下，是青藏高原著名的神湖。在穿越念青唐古拉山的时候，我一直在想象那是怎样的一个湖泊？在雪山环抱中，在青青草原之上？人的想象是可以弥补一个人的眼力的。想象是最浩瀚的海洋。但人的想象又是那么的苍白，

面对汹涌的色彩，面对众多的神奇撞入眼帘的时候，感觉那种接收不及，感觉撞击是那么有力。我一时的茫然。

已经是初秋了，西藏的天空益显高远的气度，草原一望无边，让人有了放纵的激情。有了这样的空间，才会有与之匹配的遗留物。布达拉宫屹立在青藏高原之上，那白宫的奶面墙体，那红宫的酥油茶颜色。近了，我也不便用世俗的手指去抚摸、去打扰，我动用呼吸，动用眼力。呼吸可以变得轻缓，眼力可以搜寻奇迹。一个地方有一个地方的气派，西藏的气派造就了布达拉宫。时光再久远，剔除不了那种永远的神奇和气量。我们不懂的人，在布达拉宫转上十圈，也抵不上一个人的顶礼膜拜。

我承认自己的眼力是那么模糊，对色彩，对事物，特别是对一个人的认识，许多时候我都不能明辨他们的真伪。我仅仅处在认识他们的边界，我仅仅了解他们的形态，对于他们的内心和神采，对于他们的骨髓和性情，我只能说我相距他们太远。

可以说，到过西藏的人，在他们内心世界里，也许折服他们的是那高高的雪山。在绵延百万平方千米的雪域大地上，由东向西，自南往北处处都是雪山，那种平挺的，那种高耸的，那种绵延的。也许他们会在心里喊出来：哦！我的雪山。也许，让他们心里起涟漪的是那一片片的草原。草原上滚动的露珠，草原上跳动的羊群，还有草原上飞扬的歌声。一搭帐篷，一缕炊烟，一抹夕阳，几碗酥油茶。慢慢牵着卓玛的手回家，多好。是不是那些虔诚的长拜擦亮了他们这些蒙满了灰尘的双眼？在汽车奔驰的公路边，在或明或暗的八廓街走廊里，在或宽或窄的街道边，在熙熙攘攘的人群里，滚滚朝圣路，一步一磕，一拨又一拨，似乎只有他们的朝圣，似乎他们在赴一个神圣的约会。用一生用一世，他们一直在朝圣的路上。他们的眼神有纯金的颜色，有动物般的信赖。他们的微笑是那种纯粹的高原红。这时候，一定会记起仓央嘉措的诗："那一年，磕长头匍匐在山路，不为觐见，只为贴着你的温暖。"

这些雪山、草原，还有这些虔诚的朝圣者，不能不让我感到，一定有一种东西在威慑我，一定有一种注视让我后背发凉。

接下来，我还在欣赏汽车窗外的雪山，我的心境是那么辽阔和干净。突然是大雨，瓢泼大雨，透彻的大雨。汽车在大雨中疾驰。真的，有那么一刻，我放下了世俗的一切。放下的时候，我感到异常的轻松和快乐；放下的时候，我感到自己从未有过的光亮和透明；放下的时候，我回到了最初的仁慈和睿智。大雨无阻，飞奔无阻，我是彻底放下了。我无法讲清这个时刻的到来，我也不能不承认，每一个人在遇到这么重大的时刻，或许都有些许的惶恐，充满了紧张和害怕。我非常小心这种放下的消失，我非常小心地享受着。可就在一瞬间，我的温度跌到最低点。我们乘坐的汽车在一点点滑下一个大斜坡。一车人在惊叫，也许只有我还在放下所有的境界里，我没有惊叫，我看着汽车前轮胎还在一点一点地滑下山坡，最后汽车轮胎深深地陷在泥土里。一车人挤着跳下汽车，淋在雨里，司机是四川人，骂了一句："这鬼天气！"坐在驾驶室又开始轰油门，想把汽车开上正道。可是越轰油门，汽车越往泥土里陷。司机熄了火，一脸无奈。

我们淋在雨里，也许是吓着了大家，好像刚从死亡线上回来，都不开腔。你看我，我看你，没有一点表情。好像都明白，这时候只有等待。眼泪和雨水都在脸上。多好的哭泣，哭也痛快！

天在慢慢暗下来，我们的心湿淋淋的，起了一层层的青苔。一个黑影在向我们的汽车走来，近了，是一个穿着长长藏袍的男人。那一条露在藏袍外面的胳膊油红油红的。他向我们挥了挥手，对着司机说着藏语。说完，他和司机一起下到山坡，搬了几块石头垫在汽车前轮胎下，指挥司机再轰动油门。可是反复几次都没有成功，司机用拳头重重地捶了几下汽车方向盘。

藏袍男子摇摇头，走了。我们心里开始燃起的一点希望火花突然间又熄了。在谷地的土路上，有人提议唱一首歌缓解一下压力。一唱，才感觉大家的声音都是颤抖的。一首没唱完，歌声就像两三点雨点一样落在山坡上消失了。静下来，只听见瓢泼大雨在瓢浇桶灌。

一会儿，藏袍男子又回来了，还领了四个男人过来。有的扛着木板，有的抱着几块石头。他们直接走到我们车子面前，把石头填在泥土里，用木板垫着车子的轮胎。这时候，司机给他们竖了一个大拇指，藏袍男人们也微笑着竖起了大拇指。司机坐上驾驶室启动汽车，试了几次，前轮胎还是在泥土里打滑。藏袍男人急了，解下绛红色的长藏袍，把一块石头包起来，然后垫在了汽车轮胎下，示意司机启动车子再来。其他四个藏袍男人都惊恐地望着身边脱下藏袍的这个男人。司机跑下来，想要把藏袍取出来，他不同意把藏袍垫在汽车轮胎下。司机懂得，一件藏袍对他们来说，是那么的珍贵和神圣。有的人一生就一件像样的藏袍，那是他们身份的象征。藏袍男人一掌撇开司机，自己走上驾驶室，启动汽车，一轰油门，车子开出了泥潭。

一车人站在公路边，鼓起了掌。这时候，我才发现，那个藏袍男人一直微笑着。他走下山坡，把自己的藏袍从泥潭里拾起来，披在了自己身上。绛红色的长藏袍上印着星星点点的泥花。多美丽的花，不是艳丽，却是实诚；不是清辉，却能沐浴。他做这一切的时候，也一直微笑着。他的微笑是我眼里最神圣的影像。微笑是一枚熟透的苹果，甜透了。我不必去回忆，我也不必耗费钩沉之力，他的影像一直在我的心里，在我的最敞亮处，他退不出我的眼界。

我们的感动也许总是那么的庸俗。领队拿出两百元钱想要表达谢意。藏袍男人一直微笑着，他看着递过来的钱，连忙摆手。司机走过来："把你们带的那些吃的，苹果给他们就行了。"吃的东西也不多了，就一箱饼干，刚好五个苹果。苹果递过去的时候，其他四个藏袍男人接住就开始吃起来。只有那个藏袍男人揣进了怀里，好像是不放心的样子，一会儿，他又从怀里掏出来，捧在手里看看，看完，又放进怀里揣着。反复几次，我心里一阵酸楚。一车人都在猜测：也许他是想把那枚苹果留给他的孙儿。也许他是想把那枚苹果留给他的老伴儿。我没有去想他把苹果留给谁，我在想，在他心里，那是多么香甜的一个苹果啊。

也许，这时候，我们才会看到西藏的美丽和纯净，才体会到藏袍男人手里的那个苹果的香甜。

这时候，我才恍然大悟：其实，微笑就是藏袍男子手里那个熟透的苹果。

目光，一只羔羊的眼睛

也许他叫那措，也许叫达瓦，也许叫普布。他叫什么真的不重要，重要的是他来到我们车上，一次次地叫卖他手上抱着的一塑料瓶子酸奶。

"酸奶，新鲜的酸奶。"稚气的童音像是裹着高原的那一丝风拂过来。

一车人都在打瞌睡。我初上高原，有一点点的高原反应，头重，昏沉沉的。我根本不想睁眼睛。哪怕高原的雪山是那么冷峻洁白，哪怕高原的白云是那么亲近可触，哪怕高原的草地是那么光鲜夺目，我都好像没有力气睁开眼睛。

我感到小孩走到了我的跟前。他轻轻地碰了碰我的胳膊，问我："喝不喝点酸奶提提神？"

我没有睁眼，轻轻摇了摇头。我已经从小孩身上嗅到了一阵阵的奶油味和汗味混杂的气息，我轻轻抽了抽鼻子。我有些厌烦，小孩一定懂了，赶紧要走。邻座的张女士一定是一个很好的母亲，她一定对那个孩子起了母爱之心。天下母亲都一样。那么小的一个孩子抱着那么一大瓶子酸奶，我的心比酸奶还要酸。过后张女士说：

"小孩，多少钱一瓶？"我仍然眯着眼睛，听见张女士在问小孩。

"十元。"小孩稚气的童音像一枚石子投进静静的湖泊，那么磁性，那么遥远。

"来一瓶吧。"我眯着眼睛，看见张女士抽出一叠一元的新钞票递了过去。

小孩微笑着："给整的嘛，给整的嘛！"

"这是新钱呢，新钱。"张女士也微笑着。

"嘿嘿，我喜欢新的。阿姨，把你买的酸奶给旁边那个叔叔喝点，给他提提神！"小孩稚气的童音像融化的雪山水，哗哗流进我心里。我睁开眼睛，想要看清他的模样。他捏着一叠一元钞票，跳下了汽车。我看见的是他瘦弱单薄的身影。

张女士递酸奶给我，我抿了一口。那酸甜沁入心田，浇灌着我冷漠的泥块，浇灌着我枯萎的花草。我为自己刚才的冷漠感到羞愧。我一点点品着那酸奶，心里的味道又有谁能够知道。我倒希望那一点点的甘甜沁进我心田，化开迷雾，迎来朝霞。

汽车在缓慢地行进着。突然，一个稚气的童音在喊："叔叔，停车！停车！"

车子停了下来，还是卖酸奶的小孩。小孩气喘吁吁地爬上汽车，满脸泛着高原红。这时候，我看清了孩子的脸。像风儿吹开的灯笼花，圆圆的脸庞；像清澈的圣湖水映照，透彻的眼睛；像

酥油茶深入浸染，有力的手臂；像飞翔的高原鹰，高高的鼻子。他的鼻梁上还渗出点点汗珠。他的调皮一定像草原的羊群。他喘着气说："哎哟哟！阿姨，你多给了我五元钱呢。"这时候，我看见张女士的目光与小孩的目光相视，张女士羞愧地低下了头。小孩高远的目光掠过，像是一只在草场找寻草料的羊羔的眼睛，调皮、清澈。那是怎样的目光，有着高原的纯粹，有着草原的质地，有着阳光的亮度。也许，得到这样的目光照射，是我们的幸福。

小孩说完，丢下五张一元的票子，转身下了车。他跳下车子的影子轻盈、欢快。

张女士轻轻叹气说："看他可怜的样子，故意多给他五元钱的。看来，我小看他了。"

一车的人谁也不开腔，我们坐在摇晃的汽车里，却显得异常沉重和沉闷。也许，我们真的不懂得一个小孩的目光，更不懂得一只羔羊的目光。

野性，一个山头的阳光

九月的西藏，天空高远、澄静、敞亮。一眼望出去，天地间是那么干净、安宁、静默。

上到海拔 5000 多米，还有青草茂密地生长，雪山融化的溪水哗哗流着。草无边无际，绵延望不到边。雪水跳跃下坡，总是闪烁着晶莹的光芒，晃眼，像近处的雪山冰川。天空挨着草地，天空沿着草地走下来。

　　站在一个山头望雪山，看草地，就像是自己对自己的一次认读。就像一滴水找到它的源头，就像一座山找到它的眠床，就像一个梦找到它的蚕房，就像我找到你一样平静或者激越。这时候的面对，人都能说什么？天大地大，人也许就是草原上的一朵小花，就是草原上奔跑的一缕风，就是雪山顶上被风打开的一朵雪花。

　　在这里，我可以看见一条河流的起始，可以看见一座山的走向。从草丛里，钻出来的不是一条花蛇，而是跳出曲曲弯弯的一曲水。这是一条大江的源头，这是草原天边的一条绸缎。雪山冰川的坚硬与凌厉，化作一曲水的柔软。再一细看，那水的跳动，多像一个女子迈着碎花小步，在草原上轻巧地走动，脚步轻了又轻，身子闪悠了又闪悠。雄性的草原这时候充满了千种风情。

　　阳光少不了，总是恰到好处地打过来。阳光在草原上，变得那么柔软。阳光这时候成了牛奶、酥油茶。摊在雪山上，挤进跳跃的雪水里。阳光找到那些酣睡在草地上的牧羊人，一坛青稞酒已经喝完。酒坛斜躺在草地上，阳光流进去，醉了一地的花草，醉了天边的云朵。偶尔有风吹来，牧羊人半睁开一只醉眼，风中能听见他唱响的情歌，悠长缥缈。

　　不远处，一群牦牛在悠闲地享受着草场的阳光。

　　突然，一群野牦牛闯进草地。它们奔跑着，像是从天边的云层跑出来，像是从雪山冰川上冲下来。它们在奔跑，草地在颤动。我们屏住呼吸，惊奇地望着草原上这一群生灵。它们是草原又一条流动的河流，来自天边，草原之上全是它们奔走的脚步。它们是草原的孩子，草地是它们的家，它们任意在草地上打滚、乱跑，甚至开怀大笑。显然，野牦牛疯狂地跑动，惊动了牧羊人。他一骨碌从草地上爬起来，整了整自己的长藏袍，揉了揉蒙眬的醉眼。

　　"又开始发情了。"牧羊人鬼魅地说。

　　牧羊人见我们一脸迷惑，他打开了话匣子。这些野牦牛到这个时候就开始发情。野公牦牛在这些日子里，会四蹄拌颤着在草滩上追逐野母牦牛。野公牦牛为争夺自己的"情人"，会赶跑其他公牦牛。看见过孤独地立在草滩上的野牦牛吗？那就是战败者。它们因为战斗或者失去一只角，或者打跛一条腿，或者战瞎一只眼睛。直到最后，它们孤独地立在草滩上死去。看见草滩上那些白骨吗？那就是它们留给草原的最后身影。

　　牧羊人眼睛眯成一条线，顿了顿，接着说。可这些落魄者够精鬼的。它们望着山坡下的家牦牛群，仰天长啸，摇摇晃晃走下山来，它要偷偷溜进去"抢亲"。那些公牛当然不是它的对手。一只跛脚扬起的土块也可以击倒公牛，一只独角也可以挑破公牛的肚皮。一只独眼也可以看世界。等到我们这些牧人赶过去的时候，家公牛已经躺在草地上，睁着无奈的眼睛。野牛已经完事，摇摇晃晃地走上了山坡。它站在山坡上，满意地舔着嘴唇，眯着眼睛望着天边的一抹云彩。

我听到这里，笑了一下，这时候的牧羊人多像一头野牦牛。

牧羊人还没有说完，天边的那群野牦牛已经像野风一样迅疾，像海啸一样咆哮。它们像狼群一样把一群家牦牛包围起来，然后疯狂地追赶家牦牛，家牦牛和野牦牛搅和在一起，向天边的草场奔跑，

它们变得越来越小，最后消失在了天边。好像一瞬间，草场上埋头吃草的家牦牛就被一群野公牦牛劫持走了。一时间，草场变得空落、寂静，像被人抽去灵魂似的死气沉沉。

好长时间，我们才从刚才的劫持中醒过来。牧羊人平静地说："它们会回来。它们会把抢走的牦牛送回来。"

草场上到处留着牦牛的蹄印，一会儿蹄印里就盛进了一些水，盛进了高原的一片天空，盛进了牛奶一样的阳光。

我们走出草场，我们的身影盛不进阳光。

情诗，一个忧伤的女子

在西藏初秋的阳光里，默念一首情诗，就像喝一口酥油茶。阳光下看去，那一个个的长跪，安静得像阳光下盛开的雪莲花。那一声声的六字真言，更像是一首首绝唱。那阳光下转动的转经筒，在人群中时隐时现，偶尔碰响手上的银镯，声响落在阳光里，也落在大昭寺的青石板上。远处的经幡随风飘舞，瘦弱的卓玛穿着紫裙，在喧嚣的街上安静地走动。

有一个女子，似乎是这样，她一站在那里，你的心就会动。哪怕她只是默默躲在人群中，她那羞涩的小巧的脸庞，一定会像花一样绽放。仓央嘉措一定是遇见了这样的一个女子。于是他写了《见或不见》："你见，或者不见我，我就在那里，不悲不喜。你念，或者不念我，情就在那里，不来不去。你爱，或者不爱我，爱就在那里，不增不减。你跟，或者不跟我，我的手就在你手里，不舍不弃。来我的怀里，或者，让我住进你的心里，默然，相爱；寂静，欢喜。"他是不是这样：一脚站在佛门里，另一脚跨出佛门外，望着天边的云彩，看见一对对归巢的鸟儿，隔着千山万水，眺望卓玛的方向。他多想自己是一只鸟儿，可以立马飞往心爱的姑娘身边。高山望断，流水停滞。他不能，也变不了鸟儿，他只有一遍又一遍地思念。

有一个女子，似乎是这样子，静如水，润如玉，静静地站在阳光里，唯有细品才会有韵味，她的馨香在骨子里。这种女子容易叫一个男人爱上，想忘都难。仓央嘉措一定是遇见了这样的一个女子。他对这个女子已经爱得疯狂。虽入佛门，他却是时刻想着如何逃遁。再来看一首诗就知道了："我修习的喇嘛的脸面，不能在心中显现，我没修的情人的容颜，却在心中明朗地映见！"佛真的是在心底了，爱人没有挂在嘴上修炼，但她却清清楚楚地出现在心底。

有一个女子，似乎是这样子，有一点美丽的忧伤，有一点神秘的安静，有一点别致的消瘦。那种日趋的高贵冷艳，那种成熟的暗香浮动，就那么一点安静就够了，就那么一些沉实就够了。

仓央嘉措一定是遇见了这样的一个女子。暗香迷醉了他，冷艳刺伤了他。默念这首吧："第一最好是不相见，如此便可不至相恋；第二最好是不相识，如此便可不用相思。"早知如此，何必当初呢？一个人不见就少了相思的痛苦吗？我们小心翼翼地走进西藏，重新默念这些情诗，是不是就走进了一个诗人的心里。未必。既然这样，让这些闪光的诗句照亮我们的梦想，照亮我们的心堂好了。

有一个女子，似乎是这样子，银子一样淡淡的光芒，粗布衣一样软软的呼吸，露珠一样的脚步，炊烟一样的身影。仓央嘉措一定是遇见了这样的一个女子。低头，心里是那爱人最清晰的影子，抬头，是爱人的脸庞和云彩。在微黄的灯光里仰望，在千百次诵经中默念。春天，他是一只相思的布谷鸟，在心里反复啼叫；夏天，他是一棵白杨，站在风中不断指望；秋天，他是天边的一抹云彩，静静等待天空的收留；冬天，他是雪山上的一朵雪莲花，开了枯，枯了又开。他在诗中写道："面对大德喇嘛，恳求指点明路，可心儿不由自主，又跑到情人去处。"他情愿自己不是一尊活佛，他多想就是卓玛前腰的邦典（彩裙），分分秒秒都拴在她的腰间。这种念想是细致的，这种呼吸又是痛的。

当一些阳光落在我的心里，在清水一样的光芒里，我说，给我一首诗吧，那种细细碎碎的小诗。在这些小诗里，我灿烂地度过一生！

延安，延安

窑　洞

从延安带了一大包红枣回四川，一家人围着问我，延安还有哪些特产？我随口答道，还有土窑洞。家人不解，茫然地望着我。

其实，去延安的整个行程我都在为要住那一孔窑洞而激动，我被一种浓浓的泥土味吸引着。土炕头，热壶酒，窑洞的那盏灯一直在我心里亮堂着。半山坡上，老槐树下，一排排的土窑洞，窗棂上挂着一串红辣椒，几串黄玉米，土窑洞的气息令人沉醉，甚至使人眩晕。

人从出生到死亡，都与土息息相关。两脚踩在土地上，就有了温煦阳光的照拂和雨露的滋润。要是这地球之上没有土，我们人类就只有灭亡。尽

管历史已进入了 21 世纪，我们有许多东西不再依靠土地解决饮食问题了，但土地还是静静地躺在那里，等待我们有时记起它，去刨弄几下。人类被女娲用泥土捏制产生以后，就没有离开过土地。土地上生存，土地上繁衍。

掘土住进土窑洞，也该是人类在土地上求生存的一种创造。与刨土栽种植物一样，人类掘土把自己栽进土窑洞里孕育、开花、结果。窑洞里点起了人间烟火，照亮了一张张红润的脸，照亮了周围的黄土和那壶酒，那火光与天上的星星映衬着，那是地下的人与天上的人在说话，土炕上，热被窝里，也有人在说话，他们说，来年再掘一孔窑洞，一孔新新的窑洞，散发着新土味的窑洞。掩映在鲜花绿树丛中的一个闺房。

与砖窑烧制砖瓦一样，人类掘土把自己放进土窑洞里烧制，渴望自己成为一块质地坚硬的砖瓦。人降生人间，只能算一块没有经过烧制的土砖坯，只有经过火候良好的烧制，才会成为支撑屋椽的一块砖。烧制最好的当数我们的伟人了，你看他在被国民

党围追堵截，来到延安的窑洞后，就像那块土地上生长的庄稼，快活地成长了起来。在那土窑洞里，他用语言的火焰，点亮了劳苦大众的心灵。现在你走进那一孔孔窑洞，还能清楚地看到那闪烁的火焰，温暖着四面八方。一张床、一张办公桌，是他在窑洞的全部家当。是啊，只要与土亲近，所有的家当都将失去意义，唯有这土窑洞产生的语言才具有吸引力。今天，当我们看到这孔窑洞，这个烧制中国质地优良的砖瓦的窑洞时，才顿然悟到，只有这么清澈见底地表示着一片心，出窑的砖瓦才不会被人们废弃。

土窑洞就是土窑洞，它没有被我们称为家园的复杂构造。只要有力气，就会拥有一孔土窑洞。依着山坡，向着阳光，用简单的铁锹、锄头，挥动双臂的力气开挖，没有技术勘探，挖一孔塌了，又重新找一个山坡开挖。一整块的门和窗安在土窑洞门口，推开门，土窑洞的陈设一览无余。这与我们乡里挖红薯窖是一样的，只不过土窑洞的口径更大了一些，更方便我们的视野，有多少红薯一眼就可以看出来。

土窑洞还是一个弹药库，为世界上最大的人民战争赢得胜利提供了优良的战略武器。《毛泽东选集》前四卷共159篇文章，其中112篇写于延安时期。还有党中央其他领导人在陕北的重要著作，都为延安的整风运动，党之建设，民之命运，军之前途，指明了方向，积蓄了后劲。

在这个清晨，从土石小路，我走进杨家岭枣园的土窑洞，抚摸着岁月留下的裂痕，听着那窑壁的浮土簌簌下落的声音，穿透我的灵魂，抵达我的心脏。此刻，我还看见一抹阳光跃过窗棂，照进土窑洞，把土窑洞镀亮，把我与土窑洞融为一体。

　　这就是延安的特产——土窑洞。站在四川这个小城的窗前，我吃着大红枣，望着那抹阳光，说，土窑洞是我们每个人的家园，不管你在哪里，你都得去看看。

大红枣

　　颜色大红，味道甘甜，模样乖巧——延安的大红枣。

　　于是，红字前面加上一个"枣"，那不仅是颜色好看，更透出淡淡的甜味来，再配在一辆轿车上，我们就从心里读出来了：枣红色轿车。

　　延安是红色的，枣儿是红色的。

　　于是，我揣着一个红色的梦一路疾驶到了延安。我想，延安

该是一棵棵枣树包围着的，春天，沉浸在一种透明的枣花香里；秋天，被一大片红色渲染。我是夏天去的，我看见，枣儿还很羞涩的样子，一枚枚小指蛋大的果实，像青色的宝石，更像那眨巴眨巴的眼睛。我说，我来了。"哦，你来了！"我激动地摘了两枚青色的果实，紧紧地攥在手里，带回四川，想要看它变红的样子。

枣子，延安城到处都是。他们卖红枣，还卖毛主席像章，红红的枣子映着毛主席的微笑，映着黄土高原上那张张笑脸。

于是，我买了各式各样的枣子和各种毛主席像章，带回四川，看那甜一点一点儿浸入妻儿的心里，然后，看那笑在一颗颗

红玛瑙一样的枣子里浮现，红枣的颜色这时候也就在妻儿的脸上了。

于是，边吃红枣，边谈起了关于红枣的话题。

妻说，北方谷雨，是红枣的昵称？

我说，是红枣的特称。毛主席就是以小米加红枣战胜革命反动派的。

妻说，是小米加步枪，不是小米加红枣。

我说，反正都一样。

妻说，那我就给你熬一碗小米加红枣的粥吧。

我吃着小米加红枣的稀粥，在心里说，这真甜，比坐在枣红色轿车里还要甜。这从延安带回来的大红枣，我深深记住了。

小 米

去延安，喝了一碗小米粥，与我们家乡的玉米粥差不多，有粗糙感，没有玉米粥那种淡淡的甜味。汤是浓酽的，米却是浑圆的，又让人感到米的粗糙和汤的浑然一体。我很是喜欢，接连喝了几小碗。

我猜小米是结在一种很卑微的植物上，缺水遭阳光炙烤，可这并不妨碍它无声无息地开花结果，并不妨碍它静悄悄地传递着成熟，并不妨碍它散发诱人的气息。

这天早上，我们一行人都在谈小米。多吃点小米，养人。多吃点小米，养胃。多吃点小米，增加食欲。多吃点小米，增强体质。吃小米这么多好处，一行人的心里都被小米的气息弥漫着，暖暖的。

当我脑海中想着小米，一位老人提着一只大大的蛇皮袋，问我，要不要小米，正宗延安小米，当年毛主席吃的小米。我捧了一捧在手里晃动，米粒小，却颗颗利落得像珍珠，温润得像不骄不躁的玉。颜色是那种惹人的乳黄，透着灵气。我没有讨价还价，买了一小袋。

延安街头最热闹的是那一排排的小店，都放着同一部影碟，同一个声音传得很远，"毛主席万岁，毛主席万岁"！毛主席时而挥挥手，下面潮水般的人，疯狂地吼着，手上还挥舞着红宝书。我摇摇头，望着那画面上的情景，不知是为店主的话，还是为那"文化大革命"。

我没有经历那段痛心的历史，我也没有什么痛苦可以去回味。我没有买那"再现历史"的影碟，只买了那小袋小米，我回味的应该是那天早晨吃小米的兴奋。

还有一种兴奋是在客车上喝米酒，有一点"米酒油馍木炭火，团团围定炕上坐"的味道，有一点"一口口米酒千万句话，长江大河起浪花"的激动，我朗诵贺敬之的《回延安》，一车人

把米酒传来传去地喝，满车是那种醇厚的酒香。我拿着那米酒瓶，一看——"皇城稠酒"，贾平凹先生题的字，古拙、质朴，是那种小米的味道，字与酒相融，透着酒的绵长。

当哪天早晨起床，一碗小米粥放在桌上，冒着热气，那些气息便迎面而来，你就会陶醉在延安的早晨，所有的思绪便都去了延安，就像喝了米酒一样绵长。

唐家河那些草和树

唐家河国家级自然保护区，位于四川省广元市青川县境内，是以大熊猫及其栖息地为主要保护对象的森林和野生动物类型的自然保护区，被世界自然基金会划定为 A 级自然保护区，也是全球生物多样性保护的热点地区之一。被誉为"天然基因库""生命家园"和岷山山系的"绿色明珠"。

——题记

荨 麻

在唐家河，我见到了久违的植物——荨麻。这种在乡村随处可见的植物，我没有想到会在这么贵族的地方见到。在我印象中，贵族的景区不生长这么平凡的植物。在茂密的树林里，荨麻显得那么矮小，那么朴素。在这条路上，在向上的一段坡路上，

转过一道弯，荨麻就那么静静地望着我们的到来。早晨，茂密的树林里，是那种遮天蔽日的安静和暗淡。当我见到荨麻后，我的眼睛就被它擦亮，好像是一丝阳光在它身上闪耀。

"这是我们乡里最好的猪草了。"我试图用最能代表心里的语言来表达我见到它的惊喜。

"这草会咬人。"儿子认识荨麻。

我小时候，也知道荨麻咬人，每到暑假，我都会背着竹背篓去扯猪草。房前屋后的田边地角，山沟里，沟凹处，能扯的猪草几乎都让我们扯回去了。荨麻不敢用手扯，只好用

木棒把它打断，然后用木棒挑进背篓里。有时，手不小心碰上荨麻，会麻酥酥地痛痒，一会儿，手上碰过荨麻的地方会生出一棱棱的红疙瘩。

那时，我家房前有一大片荨麻。母亲从地里收工回来，见我们用木棒把荨麻打得支离破碎，很是心疼："你们这是在糟蹋呀，哪是在扯猪草？"说着，戴上旧手套，把剩下的荨麻扯了回去。

我不知道，猪吃了那些荨麻，会是什么样的感受，难道它们感受不到痛痒？我无法考证猪吃荨麻的感受。我想荨麻经过母亲的扯弄和捣碎，荨麻曾经的锋芒，曾经的威武，统统收敛了起来。

唐家河的荨麻没有人去扯，这里没有人喂猪。这些荨麻已经抽穗了。它们很平静，没有人会糟蹋和打扰它们。我走进荨麻丛，儿子叫了起来："爸爸，这些草会咬你的。"我笑了，"就是要它咬咬我。"我摊开双手，扯了一株荨麻。我手上立马火烧火燎地痛痒，手上布满了红疙瘩。我轻轻地闭上眼睛，心想，这就是幸福了呀！

疼痛的幸福，真好。在我手里的那株荨麻也在幸福地笑。

枸　树

碗口粗的枸树立在唐家河的一处铁桥边，枝繁叶茂，两三点枸果已经泛红，在青枝绿叶间眨着眼睛。早晨的阳光照在枸树上，溅起的光斑雨点般洒了一树一地。安静的唐家河水在枸树下

流动着，朦胧的影子倒映在河水里，有鱼游动，把朦胧的影子撞动，一动一动，枸树就在水里漂动起来。那些红透的果子在水里跳动着，惹得鱼儿也在水里跳跃。红白相间，水里的世界比尘间生动活泼多了。

突然，枸树摇曳，碎花花的阳光摇曳。我以为是风，只听儿子兴奋地叫了起来："猴子，红脸猴子。"这时，我才看见几只猴子挂在枸树枝上，在捡红透的枸果吃。再看水里，水里不再是先前的样子，树枝摇动，树叶翻动，映在水里的枸树已经面目全非。

枸树上热闹起来，猴子掀开树叶的声音，咀嚼枸果的声音，进入了这个早晨，进入了这个早晨的花丛，和那些隐藏在草丛中的蜂房木门。一只猴子跳下枸树，坐在院坝里，望着我们围观的人群，有人开始向猴子抛馒头、花生米。儿子把手中吃剩的馒头摊在小手掌里，对坐在院坝里的一只小猴子说："到这里来，我喂你。"小猴子竟走到了儿子身边，把儿子手掌里的馒头拿走，还向儿子做了一个鬼脸，儿子脸上顿时笑开了花，笑容就像身边的小向阳花一样灿然。我也笑了。在心里，其实许多的感动是那么的简单明了。

面对那些红透的枸果，和那些顽皮的猴子，我一下子显得那么轻松自如。

猴子散去，我走近枸树，望着那些挂在枝上的毛茸茸的青枸果，我惊异地发现那些青枸果走向成熟的过程，仅是在我眨眼的瞬间。定眼看时，累累果实；眨眼过后，枝头果实红了。淡淡的红色透过青衣，泛着浅浅的模糊的红晕。

我有些迷茫。我没有见过枸树开花，但我从红透的枸果可以想象出枸花的繁华。它的果实构造如此精巧细致，无数果肉数十圈地围着果核。我想，那花必定是充满浓郁芳香，诱人迷惑的。只有这样繁华的花，才能结出那么精致的果实。

这时，我还注意到了果实的颜色。它并不仅是那纯粹的红，而是由素白和浅红组成的红色旋

涡。果实的圆润，开始让色彩旋转、跳荡。我突然知道那些猴子能从崇山峻岭的密林里发现红艳的枸果，一定是首先发现那种红色的跳跃了。

我从唐家河回到城市，真实的眩晕离我而去，但那种红色的眩晕和红色的跳跃在我脑海中一直旋转着。我想，和红色的邂逅，一生可能只能那么一次了。珍藏在我记忆中的红色旋涡，成了我最幸福的眩晕。

这天，在城市里行走，我突然发现城市家的窗下就有一棵枸树，它是那么的孤独。它站在我窗下多久了？是我从唐家河回到城市的那一天吗，还是我一次又一次地如梦似幻的误认。

蜜蜂：我身体绽放成一朵花

草丛中突然飞起一大群蜜蜂。

突然倾巢而出的蜜蜂，嗡嗡乍起，远远望去，密密麻麻的蜂群像乌云黑压压滚过来。

蓝天白云下，群山屏围间，它们要到哪里去？它们扇动薄翅，阳光颤抖；它们浅唱低吟，天籁声四起。它们羽翅上源源不断地反光，银质一样地闪耀过来，我躲闪不及，反光射花了我的眼睛。这是多么辽阔、神秘、沉静的照耀。你听啊，无数光芒穿过云层、房屋、田园，按照我们内心的想法飞翔。到了，到了，近了，近了，光芒照过来了，缓慢、光洁、稳稳妥妥停在了我们的身上。在阳光深处，让人不由得想到了蜂蜜的黏稠、甜润。

这一大群蜜蜂飞向那棵水边的大槐树，在冰清玉洁的槐花周围飞舞跳跃，萦回环绕，穿梭往来。有几朵槐花被蜜蜂撞痒了身子，就从枝头轻轻飘落下来，一荡一荡，落在了草丛中，落在清澈的水潭里。树上的槐花，水里浮起的槐花，显得十分透明、纯净。一只蜜蜂追逐着一朵槐花飘落到了水里，一不小心弄湿了身子。它振翅飞回槐树枝，喘着粗气，看着水里的槐花，十分纳闷刚才咋会弄湿了身子。落在水里的槐花笑了一下。

　　突然，一只蜜蜂像光芒一样停在了我的额上，痒丝丝，麻酥酥的。我躺下身子，就像绽开的花朵一样，把自己的身体放在草丛里。我坚信，这只乖巧的蜜蜂一定是把我当成了一朵鲜艳的花，它要在我身体上采蜜。此刻，它又轻微扇动了一下翅膀，从额头爬到了头上。在我的黑发里，它一定费了好大的力气，我的头发蓬松，它只好一边梳理，一边前进。我不知道，它把我当成

了一朵什么样的花。可能它把我当成一朵南瓜花，那种盛开在菜园角落，金色、透明的花；或许它把我当成了一株百合花，那种散发着浓郁香气、百般妖媚的花；又或许它把我当成了一棵草，那种透着亮漆颜色的一种草。

入夜，在唐家河的那个草坪上，我躺下身子，望着满天星斗，想着白天那群蜜蜂，我热泪盈眶，原来，那只蜜蜂对我的疼爱和关注，不仅仅因为我躺下后像那么一朵灿烂的花。对于蜜蜂来说，它们对疼爱和关注，一样充满了渴望。

云是最高最高的树

唐家河里的每一棵树，都可以是一片五彩缤纷的云。记忆中的那些树是可以像天上的云一样四处飘荡。躺在村庄的任何一处，闭着眼睛，去听云飘荡的声音。云飘荡会有什么动静？有的，是天明天黑的声音，是颜色与颜色变化的声音，是味道与味道交融的声音……我就这样在云的飘荡声里睡去，直到妈妈那焦虑、担忧、愠怒的呼唤像云一样飘到我的耳朵里来，我才捡起书包往家里跑。

唐家河是我梦里的村庄，村庄里的五棵树，就像五朵绿云一样，我走到哪里，它们就飘到哪里。

一棵是村庄坟头的柏树。村庄最好的地是坟地，一棵又一棵的柏树长得标致、蓬勃，那死人的居所多少给活着的人一点安慰。柏树涵养着，柏树庇护着，凸立的坟堆更像一个城市儿童随意堆砌的城堡，有一点滑稽，有一丝委屈。有人说，有多少坟头，就有多少棵柏树。我没有清点过，倒是添一座新坟，第二年坟头就有了一棵幼柏。一个死者有福了，柏树常青，人常青。我相信那是他的亡灵再度发芽生长。

村庄所有死者的"老屋"都是柏木做的，一种浓烈的柏油味道，死者躺在柏油的清香里，安详、平静，没有一点痛苦的样子。我想，他们只是从地上的土屋，搬到了地下的"土屋"居住去了。

从那缥缈的黄昏和纸钱燃烧的火光里，千姿百态的柏树第一次让我看到已经逝去的老姑、老舅和我同岁女孩秀莲的笑脸，他们在月色姣好的夜里，也谈麦子的长势、苞谷的收成，他们眉目传情，有说有笑。这以后，我对死去的理解就不再同于从前了，我甚至认为出生和死去没有什么两样，一个是早晨，一个是黄昏而已。

呵，这是坟场的柏树。走过一片空旷的野地，我便看见了村庄的另一棵树，它就是小庙前那棵枣树了。几颗枣子笑呵呵地在

风中摇曳，迎接着我们。那次，母亲背我去小庙还愿，我被母亲按在小庙的香炉前，磕完三个响头，我就跳出小庙高高的门槛，望着枣树上的几颗红枣流口水。小庙的拐和尚问我："想吃枣子？"我点点头。拐和尚拿来竹竿打了两颗红枣给我，说："这是菩萨给的，吃吧。"母亲从庙里出来，对拐和尚说了好几个"多谢"。拐和尚和枣树站在我和母亲的身后，望着我们回家。

在回家的路上，母亲问我枣子的味道，我一时不知道该如何回答。只觉得枣子的那种绵质还在口里，那种甘甜去了心里。母亲对我说，记住枣子的味道。于是，这么多年我一直没有敢忘。前年回了村庄一次，去小庙的时候，那枣子的味道还一直在我心里幸福地回味着，让我一路口舌生津。小庙比先前堂皇了许多，香火很旺。只是拐和尚去了，剩下枣树孤零零地立着。没有人再给我打枣子吃了。从小庙出来，只有那棵枣树站在我的身后了。

另一棵树是小学堂的白果树。它不开花，只结果。你忽然在一个夏夜抬头望星星时，就看见了白果树上挂着的绿翡翠，似乎就是在你抬头望的那一瞬间，果实就挂在了枝叶间。深秋白果树的叶子和果实一起成为一种非常古典的黄色，整个学堂就弥漫着白果成熟的腥味，三三两两的果实落下来，我们用脚蹭去那层果

皮，然后用水把果实淘洗干净。那味道还是浓烈而又腥甜，我被这味道弄得头昏，想吐的感觉。黑娃用干草升了一堆火，把淘洗干净的白果放进火里，一会儿，白果一颗颗在火堆里欢快地"噼啪——噼啪"裂开壳后，黑娃捡起一颗，去掉壳，白果又是刚挂果时的绿翡翠了，黑娃放进嘴里，说："真香。"我从火堆里捡起一颗，轻轻撬去硬壳，一颗绿翡翠滚在了我的掌心。我把它含在口里，是那种浓烈的清香，是翡翠的颜色和古典黄色的融合，我闭目享受着这枚绿宝石带给我的惊喜。我想，白果开花到底是怎样的绚烂，是那种纤细、包含世间所有颜色的花吗？有人说，白果树开花，是在子时开丑时谢，没有人能看见它开花。可就那么

　　短短的几个时辰，它就完成了生命的孕育。这是一棵神秘的树啊，羞于喧闹地开花，只是静静地结果。它真正很适合生长在学堂里，赋予了学堂灵气、洁净，还有大智慧、大精神。在我走出这个学堂后，白果树古典黄色的叶子和绿翡翠的果实一直对我微笑着。

　　如果说白果树是高雅和古典的，那么村庄的这一棵老柿树带给我更多的是木讷。像我父亲每天蹲在院坝坎上"吸溜溜"地喝

苞谷粥一样，对田里的庄稼熟视无睹了，对天上的飞鸟失去惊喜和仰望了。父亲有时沉默不语，使我异常恐惧，我不知道老柿树上的那些红柿子为啥总是让他激动不起来。我摇着父亲的肩膀说，"柿子红了。"我提醒父亲应该为这个成熟的季节做点什么。父亲木讷地从嘴里发出"哦、哦"的两声，就继续木讷地、漫不经心地走来走去。有乌鸦飞来停在柿树上，那一团黑云罩住了几个红柿子，那"乌鸦嘴"啄得柿子的汁液直往树下流。我对父亲说，"乌鸦它吃红柿子了。"父亲仍是木讷地从嘴里发出"哦、哦"的两声。我的吼叫显然对乌鸦构不成威胁，它仍兴趣盎然地剥啄那一个又一个红柿子，偶尔，还沙哑地歌唱几句。它在挑衅我，我急得无计可施，找来长竹竿撵它。

乌鸦剥啄过的柿子不几天从树枝上落下来，睡在柿叶铺满的地上。冬天和柿子红了的季节挨得很近。父亲臃肿的身体在寒风里穿来穿去，更显得木讷了。下过几场霜后，父亲从院坝里的梨树上取下一串串的柿饼来。一层白蒙蒙的霜附在柿饼上，咬开，就像吃橡胶糖一样，蜜蜜甜。父亲静静地站在那儿看我们吃，就

像那棵柿树一样。

老柿树木讷，村庄的第五棵树——槐树却让人兴奋。暮春时节，槐树开一树雪白的槐花，在春阳里耀得人眼花，扑鼻而来的香气，把人搅得异常兴奋。一匹枣红色的马拴在槐树下，吃着一堆干草。一阵微风吹来，显然它是嗅到了槐花的味道，激动得"噗——噗"打着响鼻。打完响鼻，它竟仰天嘶叫起来，震得槐花点点落了一马背。

这就是村庄的五棵树，我生命里的五棵树。村庄的许多事都与"五"有关，他们把一夜分成"五更"，把所有的粮食说成"五谷"，把所有的颜色只分成"五色"，把所有的金属分成"五金"，把所有的味道分成甜、酸、苦、辣、咸"五味"，把所有人的命运归结为金、木、水、火、土"五行"……我与村庄的五棵树有关，这五棵树使我分清了"五更"，享受到了"五谷"，欣赏到了"五色"，触摸到了"五金"，品尝到了"五味"，窥见了自己的"五行"命运。

村庄的每一棵树，都是一朵五彩缤纷的云。云是最高最高的树，这是我五岁儿子说的。他那天仰望着城市的天空，说了这样一句让我琢磨了好久好久的童话语言。于是，我走出城市的街道、小巷，带他回到村庄去看那一棵棵蓬勃的树。我担心儿子没有在村庄长大，会成为一棵弱不禁风的树。他的这句话又让我有了一点欣慰。满天的树，满地的云。天上的树开着五彩的花，结着五味果，还有我们的"五谷"粮食；地上的云托着我和儿子，还有我们的村庄，我们听着儿子讲的童话故事一起漂泊，那将又是一种什么样的情景？

回到村里歌唱

像草一样在阳光里歌唱

　　也许只要一缕阳光就够了。那一缕五彩的阳光，伴着悦耳的鸟声，从浓稠的树叶里筛下来，能够照见我的身影，能够让我用手握住一丝阳光，抓住几声鸟声。我一定会兴奋地跳起来，一定会和身旁的那些花草说说话。卑微的小草知道我的这些小快乐。这时候，我的一些指望也变小了。和这些小草说上一会儿话，完

全就明白了，人的一生，其实和草没有两样。

像草一样在阳光里唱歌。早晨，阳光打上来的时候，滚落露珠的声音是最好的伴奏。草叶间的风吹来，花香露水弥漫在空气里，敞开胸膛喝一口便会饱了肚子。昨夜的那一个个梦，那一亩亩田，用它来种的那些桃树李树和春风，会拥有好多好多的鸟声和风声。草总是闻风而动，绿上肩头，跑遍田野。草在阳光里唱着歌儿去赶场，它们一定是手挽着手，肩并着肩。头天才在另一个田坎看见一茬的草，一场雨后，草就跑遍了整个田坎。一样的模样，一样的气质。它们最大的快乐就是挤在一起，挤在一起说话，挤在一起疗伤，挤在一起回家探亲。它们的歌唱，就是彼此赞美对方，赞美对方的草尖，赞美对方的呼吸，赞美对方的卑微。我试图以草的身姿走进草的中间，我的脚刚迈进去踩在草上，就听见一棵草在喊痛。当我听见这一声疼痛，从它们身上移开脚步的时候，几棵草迎着阳光"突"地一下又站起了腰身。就在我还没有转身的时候，它们已经又在阳光里站好，唱起了歌。我能说一棵草卑微吗？我的鞋底上还残留着草的汁液，那么的深刻。而我的样子却是那么的狼狈，弓着腰，孤独地走出了草场。我注定是孤独的，我无限羡慕那些草在一起的拥挤和快乐。我好想成为一棵草，我好想那些草的拥挤和快乐。

我的指望也许只有一棵草懂。草不动声色地懂我。夕阳西下，我站在窗口，一定会看见一个草场，草知道这时候一定有一个人在窗口张望。草知道一个人的忧伤窗口，草知道一个窗口的明亮和浮躁。清晨我路过草场，草有时候拉扯一下我的裤脚，我回头看的时候，一棵草正轻摇身姿，不动声色地看着我。草从我的脚步声中听见我的心跳和呼吸。

　　我希望我所有的财富是一片草场就好。阳光下，看着一片草场。月光里，躺在一片草场里。在草场长大，在草场恋爱成家。去西藏看见阳光下一片片的草场，我的这点指望更强烈了。在一片草场上，一顶帐篷，几口煮奶茶的锅。身旁是渐青渐黄的草，一丛丛的格桑花，还有一群群的牛羊。那些草铺天盖地，那些美丽的花儿，细碎繁多。放养这些成群的牛羊，就是我生活的全部。我一样可以学那些藏胞躺在草场里，把身子打开，望着蓝天白云，哼唱一首心中的曲儿。草场的纯净和湿润，使我的身体不会再那么笨拙，也许我还会有一双隐形的翅膀，有风帮助我，我会飞遍整个雪山草原。我的生活一定会在草场上慢下来，我会像在草场发愣的老牦牛一样，学会思考，学会平静。把那些沧桑和全部的伤痛都放在心里，站在阳光里慢慢咀嚼、慢慢反思。再或者，躺在宽阔的草场做一个梦也是好的。花儿在旁边，云儿在天边。

生活对于我来说，不要那些宫殿，不要金碧辉煌，不要豪华奢侈，我只要一片草场。可以放牧，可以随意躺下身子，可以盛下好多好多的阳光，可以拥在一起歌唱，我们就很幸福了。在草场上我们可以生育许多的儿女，我们不实行计划生育，像那些草一样。我们只需要计划好时间，叫上我们成群结队的儿女，来草场晒太阳，读书。我们要在草场上教会儿女们快乐，教会他们放声歌唱。我们还要教会儿女们做梦，教会他们做人，像草一样经得起风吹雨打。来吧，儿女们！在草原上集合，听我的号令和指挥。我们紧紧贴在一起，风吹不散，雨滴不穿，像草一样。

就做这些卑微的小事情，就行了。天天像草一样在阳光下快乐歌唱。

像风一样在村子里转悠

走上村里任何一条土路，一定会遇见一些在村里转悠的人。他们在麦子熟了的时候，端着一只土碗四处转悠，碰见一个人就高声说："沟里那麦子都黄了，今年收成不错。"他们在清晨太阳还没有出来的时候，"吱呀"一声拉开门，走进薄雾，天一下子就亮了，村庄恍惚一下就醒了。走进村里，到处是转悠的人。也许他们什么都不做，他们就为了听见柳树抽枝的声音，就为了看见小河解冻，涨桃花水的时候，就为了和土地混个脸熟儿。

九月的村庄到处是金黄的稻子，红红的高粱。我走在田野上，我想去村里转悠转悠。村庄好像还在沉睡，我没有听见村里那种成熟和收获的声音。这没有声响的风景，让我多少有些黯然神伤。

只有风还在村里转悠。细心倾听，我会听见原野的风，穿过田坎，它来到稻田里，谷穗点头，沙沙作响。风像一个老头儿，趿拉着一双大脚拖鞋，大大咧咧地撞进村里。风不管村里的人是正忙着收割，还是站在那里斗嘴开玩笑，它都要凑上去，有时候是微风还好，人可以乘机凉快凉快。要是一路狂风而来，围成堆的人一会儿就被吹散。而现在，村庄出奇的寂静，那些熟了的枣子挂在枝头，没有竹竿敲打掉落的声音，没有孩童争抢的哭闹声。枝头的枣子像村庄的一滴眼泪，欲滴未滴。只有风在村庄转悠的时候，风过处，那树上的枣子才一颗、两

颗地坠落下来。没有谁能听见枣子坠地的声音。偶尔一个老人从枣树下经过，枣子"咚"一声掉下来，老人也只是停一下，望一眼枣树，望一眼掉在地上的枣子，摇摇头走了。风中的老人摇摇晃晃。

　　大多数时候，有事没事的，风总在一条条土路上徘徊，在原野四处转悠，更像是一个懵懂忧郁的少年。我从村庄的院门走出去，只消走上几步，风就跟了出来。有时候，我坐在土路上，用一片树叶逗赶场的蚂蚁，可风一路赶来，把土路上的树叶吹得到处乱飞。这时候的风好像对现实中的一切都不满意，它像一个处在叛逆期的少年，随时随地准备离家出走，随时随地暴风骤雨般地发脾气。那时候我就是风的那个样子，沉闷，对这个世界已经失去语言。我把一切都闷在心里，谁也不知道我在想啥。我走在田坎上，那些稻田的蛙鸣，那些低飞的蜻蜓，那些一会儿高音

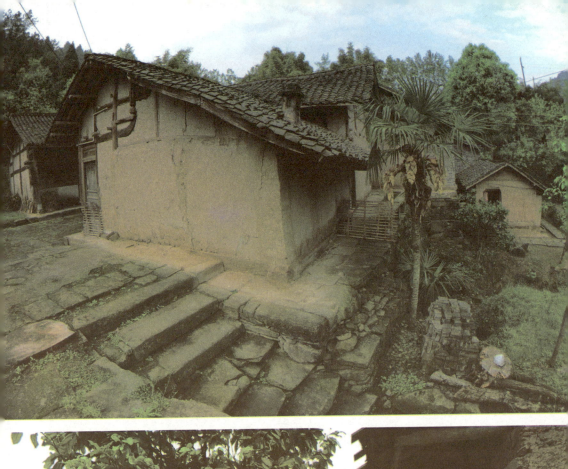

一会儿低音的蝉儿，都没能感染我，我闷着头走在山路上。风在我身后跟着，吹得那些稻穗沙沙作响，吹得那些高粱东倒西歪。风是我的帮凶。我拿着一根木棒，对着那些庄稼一阵狂舞，那些还在成熟的稻穗就七零八落地掉在地上，那些还挂在树上的三四个苹果，我一竹鞭子就把它抽了下来。苹果先是"咚"一声掉在地上，然后顺着斜坡滚在了一个小土沟里。停下的时候，苹果还是一个笑脸。第二天我路过的时候，苹果已经让无数的蚂蚁吸干了身子。那时候我就能听见一个苹果的忧伤，那种来自坠落的忧伤。这种忧伤长久地留存在了我的记忆里。

而现在，我走在村里，满枝头的果实一直挂着，看不见人们爬满枝头摘取的喜悦，看不见树下仰望的笑脸。果实成熟了，没有人去收获，只有偶尔进村的风路过，吹落一两颗给大地。再也没有人像风一样在果实成熟之前来到枝头，忙得像风一样采摘。

现在村里的少年像风一样涌进城。他们骄傲地告诉我，在城里捡垃圾都不回村。一年捡垃圾就能捡一两万元，村里的那些枣树，那些水田，再怎么生产也赚不了这些钱。他们比城里人还热爱城市。他们已经习惯喧嚣，他们对土地越来越冷漠。没有人再像风一样在村里转悠。

没有人转悠的村庄，还是不是真正意义上的村庄？一个人，一株植物，甚至一个村庄，都会有曾经美好的青春。难道村庄的青春、亮色和光泽都已经消失，只剩下这副躯壳？有人说："消失是一种必然。"而我要说，失去了，想要回去好难。如果可以的话，赶紧像风一样回到村里，去村里的田间地头转悠转悠。

像露珠一样在清晨疼痛

　　能知道一滴露珠的疼痛吗？清晨，几滴露珠挂在黄豆叶上。母亲走上那片黄豆地的小路时，生怕撞落了挂在黄豆叶上的露珠，总是小心翼翼地踮着脚跳过。母亲的跳跃有些别扭，露珠一定看见母亲那别致的动作，听见母亲跳过的声音，露珠忍不住"扑哧"一笑，掉在了路上，就像几滴眼泪洒在小路上。母亲也一定听见了露珠滚落的声音，当她转身看见一路上惊落的露珠，母亲叹了口气。母亲知道露珠的疼痛。母亲没有看见露珠闪耀着五彩缤纷的光彩，她只看见一滴露珠在清晨的消失。那一滴露珠

像她背着一株庄稼流的眼泪，慢慢渗进泥土。庄稼颤抖了一下，母亲颤抖了一下。

这安静的黄豆苗，自从一粒种子开始，就慢慢在地上酝酿，它们一开始就听惯了母亲的呼吸和气息。如今，它们已经长成青翠欲滴的叶片，母亲的呼吸和气息就像几滴露珠一样挂在上面。一株黄豆苗一定知道一滴露珠的滋润，一定知道一个母亲对农业的良苦用心。

露珠上来的时候，夜已经很深了。但一个母亲还在一盏煤油灯下，一针一线地缝补着。也许只是一丝风，摇曳了如豆的灯光。母亲加披上一件厚衣，喃喃地说："起露水了。"露珠像母亲一样辛苦，总是夜晚赶路。有谁知道一滴露珠的道路，只有母亲明白。母亲像知道自己孩子一样懂得一滴露珠的赶跑。趁着黑夜里的几颗星星，将白天的阳光聚集，将白天母亲的忙碌整理，慢慢地走，一步一步，路过黄豆地，走过苞谷林，走进村庄的角角

落落。就是母亲白天遗忘在田地里的一把镰刀，或者立在地里的一把锄头，用满是露水的手握一握吧，母亲的手温还在上面。趁着夜晚的一丝风赶快走吧，趁天没有亮的时候，用露水打湿村头那块苞谷地。新媳妇遗落在地头的那块头巾也打湿了吧，让月光里飘起隐隐约约的香馨。天亮的时候，露珠就一下子停了赶跑，晶莹地停下来，听大地之上的人声和狗吠，看阳光穿过密林，密密匝匝照上来。露珠退出来，退出黑夜，它退出的疼痛只有小路知道，只有那些庄稼和母亲知道。

露珠走在路上的时候，一定是安静的，像母亲一样。它知道这需要足够多的安静，才能在黑夜学会倾听，才会在黑夜学会赶跑。它需要有足够多的耐心，绕过那些烦心的蛐蛐声，甚至还要

躲过一些风声。上路了，安静，安静，再安静。走上那一条条熟悉的小路，跨过黑夜的一道道门槛，抵达那需要润泽的地方。哪怕是阳光起来了，也要安静，在足够多的安静中退出。疼痛也要退出，把剩下的全部交给早晨，交给早晨的阳光。

人如朝露。学会在黑夜赶路。清晨露珠滚落草地的那一丝疼痛，一定记住，那是母亲的一丝颤抖。

村里那些鸟儿

老 鹰

没有见过一群老鹰飞翔。高空中盘旋着一只孤独的黑影，那就是鹰。一只鹰孤独地飞翔，贴着彩云，远离风声。

鹰不喜欢热闹，它捕取猎物要完全保持悄无声息。鹰十分爱惜自己身上的三样东西。一是眼睛，必须高度敏锐。二是爪子，必须十分尖锐和有力。三是翅膀，必须非常快捷和轻盈。

鹰离我们人总是很远。我没有看见老鹰降落在树枝上的情景，却目睹了它俯冲的机灵。它盘旋在高空，敏锐的眼睛搜寻到了我家屋后的鸡群。那些鸡没有一点警觉，公鸡迈着方步，母鸡在草丛中觅食。我也还没有来得及反应的时候，老鹰一个俯冲，就像骤然降落的一枚子弹，"砰"的一声落在了鸡群里，叼起一只母鸡，又冲向高空飞远了。几只鸡惊魂未定，蜷缩在树林里不敢出来。老鹰整个抓捕过程短暂得像一颗流星划过天际。

即便这样，我们看见老鹰抓小鸡的过程，却看不见它享受猎物的样子。鹰选择隐秘的地方，然后快速地把猎物吃掉。哪怕饥饿已经要把自己击昏，它也要选择一处隐秘的地方进食，它不希望有别的眼睛望着它。那地方一定要没有风声，它知道风中有许多东西都将失去真实；那地方要没有人的气味，哪怕是一丁点儿，老鹰也会毫不犹豫地选择飞远；那地方要没有其他动物的影子，它不喜欢与其他动物分享猎物，也不想别的动物远远望着自己流口水的样子。一处悬崖峭壁是可以的，它停下来，敞开肚皮，神速地把猎物解决掉。吃掉和抓捕一样快速。即便是风也不会发现那曾经是鹰美餐的地方。

鹰从不对腐烂的东西产生兴趣，它很憎恨那一群群围在腐烂食物身旁的乌鸦。它觉得那是对飞翔的最大侮辱。它要是看见一群乌鸦落在死牛身上，它会悲伤地哀叫一声，冲上蓝天，飞得远远的。鹰对它们内心充满了不屑。鹰冲上蓝天的时候，它感到了自己的独特，感到了自己的高尚。它久久停在空中，不屑地望着蓝天下的树木、河流。

鹰不愿别的动物看见它，包括人，但它自己能把这个世界看得明明白白。它知道人的习性，它知道人是个什么东西。它离人总是远远的，甚至不要看见他们。人拿着锄头出门的时候，它知道他们是在地里刨拉吃的东西。它很看不起人这个东西，人总是惊惊乍

乍的，没有一丝安静。它甚至知道人手上握着的猎枪，它知道又有其他动物将在这个地球消失。可人总是打不到鹰，鹰永远不在人的枪声下。有时候，它停在高空中，看见人端着枪，很是滑稽的样子，它在内心不屑地笑了笑。它知道天什么时候晴，什么时候有雨。有雨的日子，它绝对不会在雨中飞翔，哪怕是猎食。它很爱惜自己的羽毛和翅膀，它绝不叫一丁点儿的雨打湿自己的羽毛。它甚至知道自己如何重生。

老鹰轻盈、灵巧地飞翔四十年后，它身上三样珍贵的东西只有眼睛还机灵外，其他两样已经糟糕透了。首先是它的羽毛又密又厚，轻盈的身体开始臃肿笨拙，再也不能高空飞翔了；再是锋利的爪子开始老化，再也无法敏锐地抓住猎物了；尖尖的喙又长又弯，像一张弯弓，几乎可以碰到胸膛。死亡离它越来越近。这时候，老鹰站在高大的树枝上，望着曾经驰骋的碧空，望着眼下的庄稼地和一些猎物，它有了一丝丝的悲哀。它向天空嘶叫一声，嘶叫声撕开云层，夕阳染红峡谷和森林。这时，它用最后的力气冲向天空，它要飞翔，它要飞到高高的悬崖峭壁上。

停在高高的峭壁上，它开始筑巢，停止飞翔，停止吃喝。它要用那又长又弯的喙击打岩石，一遍又一遍，直到喙脱落，鲜血染红山岩。老鹰静静地站在巢穴里，静静地等待着新的喙长出来。当新的喙长出来的时候，它一刻也不能停留，它要用新的喙把爪子上厚厚的指甲拔出来，一根又一根，十指连心，老鹰一阵阵战栗。又是漫长的等待，老鹰要等新的指甲长出来。当新的指甲长出来的时候，它又一刻不能停留下来，它要用新的指甲把身体和翅膀上又密又厚的羽毛拔掉，一层又一层，直到那些羽毛脱尽。它颤颤巍巍地站在峭壁上的巢穴里，没有哀叫，没有流泪，只有疼痛让它一次又一次地兴奋。剔除那些臃肿和笨拙后，它又开始漫长的等待。

等待新的羽毛长出来，身体又开始变得轻盈起来，爪子又变得灵动起来，喙又开始变得锋利起来。老鹰获得了新生。老鹰冲向天空，开始新的飞翔。

老鹰以决裂的方式选择生，同样以决裂的方式选择死。它看不起其他动物的死亡，比如最凶猛的虎，在地上奔跑几十年后，死了也不过是腐烂成一堆泥土。还有一种飞鸟，死了挂在树枝上，被风吹成一副可怕的骨架。它看见这些动物的死，想到自己一定不能腐烂成泥，那是多么可怕的事情，腐烂的气味一定会招来那些可恶的乌鸦饱餐一顿。想到这里，它悲伤地嘶叫了一声，它憎恨腐烂。它想自己也一定不能挂在树枝上被风吹成一副骨架，它不能让那些一惊一乍的人看见它的尸体。要是那样的话，人一定会惊讶地高喊：那是鹰，鹰死了。它不想听见人的高声喊叫。

七十多岁的老鹰感到自己不行的时候，它会先停在自己悬崖绝壁的巢中，美美地看上一阵天空。然后把温暖的巢毁掉，用最后的力气冲上天空，飞得越高越好，飞到地上的人，所有的眼睛都看不见才好。最后，鹰会选择一处高耸的悬崖，悬崖下面一定是深深的江河。它毫不犹豫一头撞向悬崖，尸体像一块巨石一样很快落入江河，江河的波涛卷得它的尸体不见了一丝踪影。留给天空的是它飞翔的影子，留给悬崖的是那一处血迹，所有的悄无声息。人一定看不见鹰死亡的尸体。

这时候，听听班得瑞的《老鹰之歌》吧，平静的旋律像老鹰飞翔在碧空。不要那翻译的中文，只听那拨动心灵的旋律就够了。

斑　鸠

　　斑鸠是最恩爱的鸟儿了，成双成对在田野里觅食，成双成对在空中低飞，绝对看不见一只孤独的斑鸠在田野漫步，或者在空中飞翔。

　　不知道它们的二人世界是不是有争吵，或者成天不理会哪一个。它们总是一前一后，一左一右出现在田野，或者停在同一棵树上。停在不同的树上的时候，一定是两棵树挨着，能够彼此望得见，听得见对方的呼吸和心跳。它们把平淡的二人世界过得安静、热乎。

　　天边透出一点亮光的时候，落在它们的脸上，是谁最先从晨光中醒来？不管是谁，一定会调皮地掰开对方的眼睛。对方一定会抱怨一两句，睁开睡眼，望着对方，又眯着眼睛眯一会儿，就开始懒懒地走出来，一起来到阳光里，一起来到田野，在晨露里洗脸、梳妆，用嘴捋捋对方的羽毛，用嘴碰碰对方的耳鬓。老家伙，来人了，于是它们一前一后飞上树枝，羞涩地站在树梢上。

　　经常看见斑鸠在田野里散步，踩得地上的落叶沙沙响。它们不会理会那些捣乱的风，风把灰尘吹起来，把落叶吹起来，绝对不能把在田野散步的斑鸠吹散。一条花蛇从草丛蹿出来，吐着鲜红的芯子，它们屏住呼吸，望了一眼蛇疯狂的样子，说时迟，那时快，它们逃离了田野。在天空俯视那条失望的花蛇。它们在田野散步的时候，总是尽情欣赏着田野的野花、野草。看见一丛野向日葵花，多美的花儿，照张相留个纪念吧。臭美啥呢。说是说，

两个挨着站在野向日葵花丛下，叫阳光当了一回摄影师，阳光闪烁了一下眼睛。遇见一两粒野高粱，它们一定会一起分享，你尝尝，你吃吧。四周是那样宁静，只有天边的夕阳染红它们幸福的脸颊。

天上斑鸠，地上泥鳅。要吃飞禽，当数天上的斑鸠了。人总是满足不了吃。尽管它们有很高的警惕，但有时候也逃不过一支猎枪。在它们散步的田野，远远地有人端着猎枪，躲在一块石头，或者一棵树后，正在瞄着一只悠闲的斑鸠。一切都在酣睡，没有谁注意树背后的枪，更没有一棵草提醒它们，这时候，就连一丝风也逃跑了。树背后的人很有耐心，他一直端着枪在慢慢等待，他一定是一个老猎手。突然，"砰"的一声枪响，糟了，快跑，老头子。已经迟了，它挣扎着弹起来，还是落在了田野，它使劲睁着眼看着飞上树的老伴儿，笑了一下。鲜血染红了

刚才老伴儿才梳理了的羽毛，鲜血还在流着，它想给老伴儿说一句话，它怎么也说不出来。"噔——噔——噔"，一个人急促跑过来，捡起它，露出了诡诈的笑容。

逃离的那只斑鸠站在树枝上，好久都没有缓过神来，它知道老头子死了。它孤独地站在树梢上，望着地上的那一摊血迹。它流泪了，它在撕心裂肺地呼喊：老头子，老头子，剩下我孤苦的一个人，你叫我怎么活啊！泪流干了，声音沙哑了，它站在树枝上不吃不喝，还在等待奇迹的出现。它一次次地幻想从田野的草丛里，老头子能突然冒出来。奇迹没有出现，它没有飞离那棵树，它还在等待。它的眼睛已经失去光彩，它的羽毛已经蒙上灰尘，它用最后的一点气力抓住树枝。它在风中荡来荡去，忧郁而死，风干的尸体挂在树枝上，再大的风也吹不落，它像一面旗帜在风中飘扬。

那些猎人一定是没有看见斑鸠的眼睛，多么干净，多么纯粹，多么无瑕的一双眼睛。要是他们读懂了那一双眼睛，那些端着枪的家伙，一定下不了手扣动扳机。我曾经很幸运地在麦田与一对斑鸠对视。在夏天金黄的麦田里，我看见五彩缤纷的阳光从天空照下来，我感觉天空就像一张蓝毯子，遮在我的身体上。那些金黄正好可以像绸缎一样裹住我幼小的身体，那些蜜蜂和小蚂蚁正好可以像警卫一样站在我的身旁，我在夏天的麦田里美美睡了一觉。醒来，就看见不远处的一对斑鸠，圆溜溜的眼睛盯着我，没有惊慌，没有诧异。我也盯着它们，谁也没有躲避。在这金黄的阳光里，我好像一下子就明白了，它们一定把我当成了它们的朋友。它们一定知道一个在田野里睡觉的孩子一定很可爱，它们的眼睛那么干净，被金黄的阳光照耀得格外水灵，它们一定在我熟睡的时候走到了我身边，一定轻手轻脚，怕吵醒这个熟睡的孩子，它们像守护自己的孩子一样守护着我。它们眼里充满了爱意，被甜蜜的柔情包围，我看着它们的眼睛就像看见母亲的眼睛。它们蹲在一丛麦子旁，一定怀着一种怜爱，全神贯注地注视着我。它们闪着一双温和的眼睛，眼里的光芒与阳光一起照耀着我。我突然有想与它们说话的冲动，我说，斑鸠，你们好！这时，斑鸠咕咕咕叫着，点了点头。我笑了，斑鸠笑了。它们一定是商量好了，等这个孩子醒来再离开。它们听见我说话，知道这个孩子醒了。它们最后望我一眼，没有飞，而是咕咕咕地叫着走进了麦田深处。

悲哀，那些端着猎枪的人永远看不见斑鸠这双干净的眼睛，他们也永远不懂挂在树上的那斑鸠的尸体，其实是一面旗帜。

啄木鸟

长大当个啥子官？当个"抓木官"。

抓木官就是啄木鸟。每天清晨，我会从一阵阵"笃笃……"声中醒来，我知道那是啄木鸟在啄黄连树上的虫子发出的声音。黄连树就在我的窗外，从木窗子望出去，一定会看见一只啄木鸟身体贴在树干上，用一只长嘴快速有节奏地敲击。每天早晨，它都准时来到黄连树上，敲响这面自然的锣鼓。它的激情永远都在树上舞蹈和敲击。

它有一双怎样敏锐的眼睛，它飞翔在空中就能看见一棵树身体的哪个部位有虫子。从树的叶片上看出来的吗？这一叶片缺少

水分，这一叶片缺少阳光，这一叶片枯黄，好了，虫子就在这棵树的树杈上。没有给树看舌苔的颜色，没有给树把脉，没有给树测试体温，啄木鸟一定是从树的站姿看出来的，一定是从树的表情和容颜看出来的。树是有表情的，我们人看树就是一棵树，啄木鸟把一棵树当成了它们的小孩。树是有容颜的，我们人看树就是一棵树，啄木鸟把一棵树当成了它们的父母。小孩的表情它们最懂，父母的容颜它们知情。于是，一只啄木鸟的飞翔一定是为一个小孩或者一个父母而来的。

啄木鸟又硬又尖的长嘴是一把手术刀。它把身体贴在树干的时候，它知道树干的经脉在哪里，它知道自己父母或者小孩身上的哪些东西不能动，在把手术刀快速伸过去的时候，它同样快速找到了下刀的地方。剥开一块老皮，迅速打开身体，一下一下，像一个老到的掌刀医生一样有粘、有掏、有钩，一切都在掌握之中。它不会像我们人的手术医生那样戴上口罩，它的呼吸会是很好的安慰。它更不会像我们人的主刀医生有那么多的助手，它一个人承担了麻醉师、灯光师、开刀师、医生、护士的所有职责，它绝对不会搞那么庞大的队伍，滋生无聊的一些扯皮和医患纠纷。

有什么东西可以打动或者击垮一个人？也许就是一只鸟。就说这只啄木鸟吧，人可以一次次深入地下或者天上，你绝对不能深入一棵树的内心，去解密一棵树的生命密码或者病情。一只啄木鸟可以。要是人能听懂啄木鸟的语言，啄木鸟一定不会把一棵树的病情像我们人说得那么复杂。它很简单，就是笃、笃两声，或者三声，或者连续无数声，就这么简单。

啄木鸟每天敲击树木，发出"笃笃"声为五百到六百次。一天以十个小时计算，刚好六百分钟，这对我们人来说，也是一道简单的数学题，估计小学三年级学生都会。啄木鸟这"官"也着实做得辛苦了一点。好

了，就这么简单，人站在一棵树上一天敲击六百次吧。不说每天都这样，敲击一天恐怕就要骂娘了。所以，人是人，鸟是鸟。人不同鸟比。

乡村孩子的童年当然是对那一个个鸟巢感兴趣。啄木鸟的巢就在它们凿开的那一个树洞里。我爬上树，手伸进去过，没有伸到底。平时，这一只只啄木鸟一定是独来独往。在春天来了的时候，一定是要有一丝阳光，一定是要有一缕春风，雄啄木鸟一定会把自己的身体颤颤巍巍贴在树干上，它要写一封情书，它要拍一封加急电报，笃笃笃——迫不及待地向雌鸟倾诉。看病和写情书的声音在我们人听起来是一样。可啄木鸟能分辨出来，她知道哪一封是发给她的。她一定会在远方敲击另一棵树干，回应亲爱的呼唤。

它们不远千里飞到了一起，一起住起了树洞。它们在里面谈情说爱，生儿育女。我和乡里的几个孩子一起爬到树上，想要用树棒把啄木鸟捅死在树洞里，没有捅死啄木鸟，倒是把木棒捅断了。原来，那树洞上上下下、左左右右转了无数的拐。啄木鸟一定在树洞里咻咻一阵好笑。现在想起来，其实，我们人还有许多不能到达的地方。

还不要说一个人与一个人心的距离，就说人与一只鸟儿的距离有多远，恐怕都难以测量出来。

喜　鹊

喜鹊是乡村的预言家。

谁家屋前落个喜鹊窝，谁家屋里就会有喜事到。黄连树上落了一窝喜鹊：成双成对，两只，沾满露水。这天早上抬头的时候，猛然看见一对喜鹊站在枝头望着你，歪着脑袋向你问好。咦，什么时候来了喜鹊的？你在心里纳闷的时候，喜鹊已经在晨风中开始"喳喳喳"欢叫。贴着大红对联的家里，贴着大红喜字的大门，把乡村照得红通通的。喜鹊在这喜庆中欢叫着。

院子里各种树上栖居了很多的鸟，但只有这喜鹊是为人的喜怒哀乐伴奏。它们是那么忠诚老实，把乡村一个个平淡的日子叫亮。人能听懂喜鹊的叫声："喜鹊叫，佳人到！快扫地，穿新衣，迎接新人到屋里。"于是，你一定会在喜鹊的欢叫声中看见：一位乡村老人一脸幸福地望着那枝头的喜鹊点头。也许，这位老人心里还在幸福地歌唱。

你看见没有，一支迎亲的队伍正欢舞着走来。走过太平门，来到富贵山，走到五龙桥，过了长乐路，一生快快乐乐。走过平

坝里，过了青杠林，到了石梁山，到了黄土地。一生平平安安。每走过一个小地名，喜鹊在念叨着，在祝福着。喜鹊会一直望着那些欢舞的队伍鸣唱。这些欢快的合唱，人绝对是分不清楚的。喜鹊能从迎亲队伍中分出哪个是新郎，哪个是吹鼓手。鸟儿也是会笑的，你发现没有，喜鹊"喳喳"地讨论着，一定是在笑话那个羞涩，内心激动的新郎。到了，新娘子已经被背着进了家门。屋里是一张新床，两床新被子、两个新人。美好的一切，在相互的传递、感染，相互的影响、映衬下，变得异常绵延和细密。

第二天，喜鹊停在树梢上，它们在等一对新人出门。终于一对新人推开房门出来了。喜鹊在向新人问好。人处在激动和兴奋中，一定会忘了那些微不足道的关心。新人没有看见树上的喜鹊，更没有听到喜鹊的问候，他们还沉醉在昨夜的月光中，他们彼此望着对方微红的脸颊。这个乡村的早晨，与匆匆走过和即将到来的早晨没有两样。一棵树在生长，一棵青草挂着露珠，一棵庄稼低着头，你还是一样，挎着一个粗布书包，要翻过一座山去上学。只有这对新人不一样，他们迎来了二人世界的第一天。不知道他们能否记住这天早晨的阳光，如花似锦的阳光，如嫩蛋黄透明的阳光。记住这天早晨晶莹的露珠吧，那是昨夜星空的祝福；记住这天早晨第一声鸟叫吧，那是多么温柔的呼喊。还有那些低语的虫子就在脚下，请放轻脚步，让那些虫子先走吧；还有那些湿润的泥土正在沉睡，请放慢脚步，让那些睡梦美好一些吧。记住这个早晨，有喜鹊祝福的早上。记住第一次，是多么的重要。

喜鹊一定懂得人间那种难见的痛苦，也一定懂得天上不能相见的酸楚。每年的农历七月初七这一天，你一定在乡村看不见一只喜鹊低飞和欢唱，它们都去了七彩的天空。喜鹊绝对看不过去牛郎和织女被隔在星河两岸，相对哭泣流泪而不能相见的样子。每年这一天，千万只喜鹊飞来汇集在一起，搭成一座鹊桥，让牛郎织女走上鹊桥进行一年一次的相会。在一座鹊桥上相会，又是多么的浪漫和富有激情。想说的话，在全部的相望中；想表达的相思，在全部的拥抱中。

于是，你发现没有，在乡村一定不会有哪一个人谩骂喜鹊。即便是心里有无数的气要出，但一定不会冲一只喜鹊发泄。

对了，喜鹊一定会陪伴一个乡村孤独的老人。你看见没有，张奶奶靠在墙根晒太阳。喜鹊一定看见了。喜鹊看见张奶奶身旁没有一个人，只有那一束短暂的阳光。喜鹊在心里想，要是它们老了，能不能也靠在土墙上晒晒太阳呢？想着想着，喜鹊心里越来越不是滋味。可它们又能做什么呢，它们只能站在黄连树上呆呆地望着张奶奶。偶尔它们叫上一两声，提醒张奶奶夕阳已经落山。

张奶奶从土墙退进木屋

的时候，喜鹊俯冲下来，跳到张奶奶蹲着的墙根，捡食张奶奶撒落在地上的瓜子和花生，顺便眺望一下跳到山垭后面去的阳光。

在模糊的黄昏里，你看见张奶奶跌跌撞撞地在干什么。喜鹊看见了，它看见张奶奶水缸的水见底了，张奶奶使好大的劲才能舀上一瓢水。在柴草燃烧的火光里，喜鹊看见了张奶奶的满头银发和满脸皱纹。喜鹊蹲在黄连树上的窝里悄无声息，它们在想张奶奶咋就一个人。可张奶奶没有想这些，她在这个星星闪亮的夜晚，忙完吃喝的时候，她平静地走出木门，站在夜色里，眺望一下星空，听着虫子低鸣，看着夜色一层一层增厚，没有心事，没有失落和伤感。她所有的幸福和不幸都是慢慢活着，一点一点变老。

不知道你看见没有，喜鹊在树上陪着地下的人们一起高兴、一起忧伤，不知不觉喜鹊已经成为这个村庄的一部分，成为这个村庄的标志。

锦　鸡

锦鸡华丽的装饰和隐蔽的出入，给人许多神秘。

那天上山背柴，在幽深的密林里，突然听见唰唰跑动的声音。定睛一看，就看见一对锦鸡在落叶里跑动追逐，落叶在它们跑动中翻飞起来。洒在林中的光点被它们的追逐搅乱，一晃一晃的。我趴在山坡上，背上的背夹子压在我身上，跟我一起屏住呼吸，看那对锦鸡穿过荆棘，来到我面前的一个宽敞的平坝里。嘿，好好看的鸟儿，我在心里喊。一只拖着长长的尾巴，羽毛丰

润，头顶顶着一个金黄的羽翎，腰羽深红色，那长长的尾羽上还
布满了深绿色斑点，每一片羽毛都金黄得闪闪发光，绿得耀眼。
可有一只就有些逊色了，棕褐的身体，色彩简单多了，灰头灰脸
的。那只美丽的锦鸡耀武扬威地走在灰锦鸡前面，向它展示着自
己华丽的衣裳，毫不掩饰地展示它那匀称的身材和它那光泽的
羽毛。

　　啧啧，真让人叫绝。锦鸡一番展示，终于得到了伊人的回
应，那只灰锦鸡乖乖投进了它的怀抱，它们互相用嘴啄拨着对方
的羽毛，可惜它们说的悄悄话我一句也听不懂。奇妙的想象由此
而生，那只美丽锦鸡一定是个美少女。我看大队妇女主任天天打
扮得花枝招展，跟在大队书记后面，多像这对锦鸡。一个动作，
一个眼神，包含了他们要表达的全部。我在心里笑，那种发现别
人隐秘一样地笑。我身旁的那些草也好像受到了我的感染，纷纷

摆动着身子。我随手扯了一根狗尾巴草含在口里，静静地看这对鸟儿。

就在我静气观赏它们的时候，突然，从它们身后蹿出一条长蛇，高舞着脑袋，向锦鸡扑过去。我惊呆了。蛇没有扑住锦鸡，锦鸡飞上树枝，长蛇只好在灌木丛中穿梭徘徊。在灌木丛深处，蛇兴奋起来，它发现了两枚锦鸡蛋，它想这时候总可以美美饱餐一顿了。它张开嘴，想要一下子吞下两枚锦鸡蛋。我在想，这锦鸡还没有出生的孩子，就要葬送蛇口了。说时迟，那时快，锦鸡一下子从树枝上弹下来，就像从枪膛射出的一枚子弹，一下落在蛇的面前。未等长蛇反应过来，锦鸡已经用尖嘴在蛇的头上狠狠地啄了一下，蛇向后退缩了一小步。

长蛇哪肯罢休，它不顾一切地张开大嘴，到嘴的肉岂能丢掉？长蛇猛扑过去，想要咬住锦鸡的脖颈。锦鸡早有防备，跳起来飞到一棵树后，长蛇撞上树干，笨拙地落在草丛里。另一只锦鸡马上扑过去，不断在蛇的头上猛啄，蛇身在抽搐。而蛇也不是好欺侮的，它凶相毕露，决心死拼到底。

我蹲在草丛里，大气都不敢出，瞪着眼睛快看呆了。我在心里诅咒着那条长蛇，同情起那对锦鸡来。我待在草丛里，就是不知道该怎么办。人遇到这种急难险境，很容易被击昏，更不要说当时我也还是个孩子了，我没有那个能力帮上锦鸡，哪怕投一块石头过去，吓吓长蛇也是可以的。可这都是后话了，当时我肯定是惊呆在那里的，不知所措的样子。锦鸡没有胆怯，它们要协力保护还没有出世的孩子。先是一只长尾巴锦鸡飞起来，又迅速落到长蛇头上猛啄。接着短尾锦鸡用爪子死死抓住长蛇的尾巴，那爪尖一定深深扎进了长蛇的肉里。

长蛇转过头，抽搐着身子，忍住剧痛，它一扫尾巴，把短尾

锦鸡扫了一个趔趄。短尾锦鸡还没有站起来，长蛇已经用身子把它死死缠住了。短尾锦鸡张开尖嘴在喘气，气息越来越弱，快要窒息了。长蛇靠的就是这种缠绕把动物致死。眼下，战斗发生了逆转，长蛇占据了主动。短尾锦鸡还要对伴侣喊一句话，也喊不出来了。长尾锦鸡看见了，也感受到了，它心疼得大叫起来，立马振翅朝长蛇猛扑过去，用尖嘴啄长蛇的头，用爪子抓长蛇的身体。长尾锦鸡不顾一切地啄着，它使出全身的力气。长蛇猛张开嘴想要吞下长尾锦鸡，它一摆尾巴，猛咬过去。蛇咬住了长尾锦鸡的脖颈。我张大嘴巴，想要喊叫，可怎么也喊不出来。

长蛇在咬着长尾锦鸡的时候，松开了短尾锦鸡。短尾锦鸡已经奄奄一息了，它睁开眼看见自己的伴侣正在蛇口里。它使出最后的气力，张开翅膀，双翅狂扇，直朝长蛇扑过去。地上的落叶都被扇得到处乱飞，有的小石块也被扇起来了，直向蛇的身子打过去，飞沙走石一样扑过去。长蛇只觉得身上和头上火辣辣地疼，慌不择路，松开长尾锦鸡，一头跳进草丛，悻悻逃走了。

长蛇逃走了，一对锦鸡兴奋地叫喊着。那受伤的长尾锦鸡腾空而起，飞上树梢，鲜血雨点般洒落，溅到了我的身上。我一惊，腾空而起，惊得我口里含着的狗尾巴草一下子就从口里滑落。那些被我压在胸前的狗尾巴草也腾空而起，摇晃了几下脑袋。好像有一种声音把寂静的山谷震得摇摇晃晃的。短尾锦鸡也飞上树梢，挨在伴侣身边，它们很激动，眼里含着幸福和胜利的泪花。

我一屁股又坐在草丛里，像一个瘪气的皮球。

这对锦鸡站在树梢上，望着远去的长蛇，它们在树上歌唱起来。突然，它们又落在灌木丛里，把两枚蛋暖在怀里。它们紧紧靠在一起，阳光洒在山谷，静静照亮它们鲜艳的锦衣。我没有多想，泪水就流了下来。

现在，回想起来，我的泪水又开始往外涌。谁说锦鸡美在羽毛，它的美更在它的内心。我希望我再走进那个山谷的时候，还能看见一对对的锦鸡在那里腾空而起。不管怎样，我希望：两只锦鸡依偎走过田坎 / 亲密的样子 / 能像一对小夫妻一样恩爱 / 一起看日出，看日落 // 散步也牵着手 / 走在回家的小路上 / 看花开花落。

乌　鸦

《本草纲目·禽部》载："慈乌：此鸟初生，母哺六十日，长则反哺六十日。"这天，我却在乡村山林里实实在在看见了这令人感动的一幕。

一天，我带着黑狗去山上捡柴。突然，黑狗冲到前面树林里，一阵狂吠，顿时幽静的山林被狗吠声撕破。转过去一道山梁，我看见茂密的草丛里，几只乌鸦在翻飞。我以为又是一堆腐烂的动物尸体，乌鸦对腐烂尸体高度的敏锐。我讨厌这通体漆黑、面貌丑陋的鸟儿。

我和黑狗跳进茂密的草丛里，几只幼小的乌鸦还不肯飞走，就在我们头顶盘旋，或者就在草丛里跳来跳去，就是不飞走。黑狗冲进草丛一阵追撵，几只乌鸦也都是腾起来，又落下。我唤住黑狗，走进草丛一看，一只老乌鸦蹲在草丛里，见我们走过去，想要振翅飞起来。可试了几次，都没有力气飞出去。

原来，是一只要死的乌鸦。我唤上黑狗，往山林深处走去，

我得去捡柴，我和黑狗都没有再理会那些丑陋的乌鸦。在我捡了半背干柴，坐在山坡上休息的时候，山坡下草丛里的那些乌鸦又闯进了我的眼睛。

多好的阳光，多么富有耐心地照着这些山林的小路，多么宽容地照亮那些乌鸦的一身黑衣。我在多好的阳光里，坐在山坡上，随手拔一根草根送到嘴里嚼了又嚼。黑狗也在阳光里，这里嗅嗅，那里闻闻，或者抬腿撒一泡尿。在阳光的山坡上真好，就像一个微醉者，想象的马儿可以在山坡上任意奔跑，即便是一种虚幻、一种缥缈，却也美轮美奂。我一定是想到了学校秀儿漂亮的脖颈，要是她的脖颈能被这些阳光照耀，那会是怎样的一种光芒，一定会把我的眼睛晃花。

是谁扯住我想象的马儿的缰绳？又是这几只丑陋的乌鸦把我的想象放平，落在山坡下的草丛里。我定睛一看，几只幼小的乌鸦围在那只奄奄一息的乌鸦身边，正嘴对着嘴。几只飞回来的乌鸦嘴里都衔着小虫子，等一只喂完了，另一只衔着小虫子的乌鸦就又走上前去，用嘴对着嘴喂那只老乌鸦。老乌鸦不时叫上一声，咂巴咂巴嘴，回味一下那些小虫子的腥咸。慢慢地，老乌鸦也在草丛里跳几下。就是这几跳，身边的乌鸦都兴奋地扇着翅膀。我看不清那些乌鸦的眼睛，但我感觉它们一定是湿润的。

在阳光的山坡上，我定睛望着山坡下草丛里的那些乌鸦。原来，它们是那么细致和有序。一只小乌鸦在草丛里守着老乌鸦，其他的都飞出去找吃的东西。我在想，它们一定分工好了。有找水的，一定得找那种清澈的泉水。有找肉虫子的，一定要找那种软软的有味道的。在草丛里守着的那只乌鸦也不闲着，一会儿给

老乌鸦用嘴梳理一下那些凌乱的羽毛，一会儿在草丛里跳跳舞。它一定是不想叫老乌鸦感到空气的沉闷。这多好的阳光，我一遍遍感到羞愧。这丑陋的乌鸦让我在阳光下感到无比的惊惧和内疚。

夕阳已经落山，我唤住黑狗，叫它静静的，不要惊动了那些山坡下的乌鸦。我和黑狗静静地下山回家。

过了一段时间，可能也就一周时间，我再次上山。拐过一道山梁，我停在山坡上，望了望那曾经的草丛。一片寂静，几只乌鸦停在草丛边的一棵老柿子树上，一动不动，也不飞，也不叫。怪了？我走到茂密的草丛，那些树上的乌鸦依然没有动，也没有想要飞走的意思。走近一看，哦，那只老乌鸦已经死了，羽毛已经脱落完，剩下一个骨架。原来这些乌鸦是为死去的亲人在守护、默哀。

更让我感到惊讶和感动的是，还有乌鸦从远处衔着虫子，一次一次地钻进草丛，在等着老乌鸦醒来……

从此我再也不敢小瞧那些飞翔的鸟儿，哪怕是通体漆黑、面貌丑陋的乌鸦。

雀　儿

　　我孤独地站在村子里的一棵槐树下，什么也没有做，什么也没有想。我就那么站着，热辣辣的太阳光从槐树上透下来，星星点点的光斑印在我孤独的身上。我确信没有谁知道我在槐树下躲阴凉。

　　可一只黑狗在我背后望着我，它的眼光落在我孤独的脊背上，落在我远望的眼神里，它在窥探我的心思，揣摩我的眼神。一条溪流在我身边静静流淌，我的眼神被它带到好远好远的山后，我的视线没有与它相遇，但它就那么固执地、静静地流淌着。一头黄牛在另一棵槐树下低着头吃草，不时抬头凝视着我。一棵草在我脚下，轻轻抚摸了一下我的脚，这双它们熟悉的脚。一只喜鹊在树梢上停着，远远望着我。我孤独地站着，我不知道村庄里还有这么多双眼睛在一遍遍地盯着我。

　　很多时候，我在乡村的角落里，寂寞、发呆、流泪，或者做一些别人看不见的事情，比如，把一些无缘无故的气发在一棵庄稼苗上，用镰刀挥舞着斩断它们长得好好的苗子，那些随刀落在地里的苗苗，还没有明白过来是怎么一回事，就失去了头仰蓝天的权利。那些本来长得好好的庄稼，在我发完一通气后，那些庄稼已经七零八碎了。我长出一口气，好像那些淤积在心里的气息跑远，这个时候，几只麻雀在我身后的草坪上跳跃，它们把我刚才的发泄全部看在眼里，叽叽喳喳议论个不停。这个时候，我敞开衣服，用衣袖擦了擦额头的汗水，仰望着蓝天，心里畅快多了。而那些庄稼始终无言，即使在我挥舞着镰刀砍它们，它们也只是默默承受着。

我不知道庄稼是通人性的。

我神不知鬼不觉做这些事情的时候，我自认为没有人知道。

可是，那年夏天，我的一泡尿已经快憋不住了，我就对着一个南瓜撒了一泡热尿。事后一天，父亲骂我："你是人吗？朝南瓜撒尿。"

咋晓得？雀儿飞过都要留个影子呢。

更可恨的是，这天我在村庄闲转的时候，村里的张婶遇见我，拉着我说："那天站在槐树下，望村头那个小路，打那些庄稼，是气愤啥呢？气愤想娶的姑娘远走他乡了吗？"

我惊讶地望着张婶，没有说一句话。张婶来了，喃喃地说："雀儿飞过都要留个影子，何况是人呢？"

张婶已经走了，我却呆呆地站在那里，我很纳闷，我在哪里飞过留了影子呢？张婶是从黑狗的叫声中听出来的吗？是从溪水的流动中

探视出来的吗？是从黄牛的反刍中看出来的吗？是从一棵草的颤抖中看出来的吗？

她怎么知道我心爱的姑娘远嫁他乡？是那天夜晚，我走过心爱姑娘的帐房，在心里一遍一遍呼唤，姑娘没有听见，她听见了吗？是那天夜晚，我站在窗前，手里激动地握着一件礼物，那些礼物上洒满月光，闪烁的月光照见了我悲伤的脸庞吗？是那天夜晚，我猫腰在田野，远远望着灯火辉煌的帐房，我泪流满面，她也看见了吗？她知道我一夜没有回家，坐在一块石头上，露水打湿了我的衣裳，露水打湿了我的心房吗？

张婶一个老人，她在哪个角落里窥见了我的影子。我和心爱的姑娘坐在油菜花盛开的田野，手拉着手，在春光中沐浴，在春风中融合。我们耐心地待在田野里，安安静静地听着彼此的呼吸，慢慢地敞开心思。只要耐心，不需要说话。难道就在那个春天，她躲在我们身后的田野，窥视了我全部的爱情秘密？

在乡村，我和心爱的姑娘可以随意隐藏在那个树林，随意坐在地上，像一块土地一样慢慢为阳光、为雨露打开心扉。有时候，我们的对话也许很可笑：

"找一个比我更好的吧！"

"就你最好。"

"……我哪里好呢，我啥都没有了。"

"咋没有呢？"

沉默，我自己都被自己问得莫名其妙了。我感觉浑身冰凉，一刻也不能在那个树林待下去了，于是，我拉着心爱的姑娘从密林里往外跑。我的手心发烫，是刚才的话语还在冲撞着我的心房。我怕我的心房快捂不住了，它就要跳将出来，在地上活蹦

乱跳。

　　难道，张婶在那间老屋的火塘边，秘密听见了我的心跳，恍惚中嗅见我的气急败坏的气息？我确信她没有看见，只有密林里的蛐蛐听见我们的对话，只有那些山谷里的风听见我们的心跳，只有那些树木听见我们激动而紧张的呼吸。

　　我心里边长出来的那些想法，我心里边孕育的那些饱满或者干瘪的花蕾，原来不是我一个人，也是那片土地、那一片密林、那一个山谷的。尽管有些想法都在我心里，也许我的一个眼神，一个细小的动作，都暴露给了山村。不只张婶知道我，整个村庄都知道我。

　　我在村庄没有任何秘密，因为，村庄雀儿飞过都要留个影子。

村里那些动物

羊不走单

羊是村庄山坡上的精灵。

那些羊在山坡上游走的时候，更像一团一团的白云停在山腰。听了一个故事：说一个乡为了迎接县上对饲养山羊的情况考核，让全乡的妇女、老人都上山，披上白塑料薄膜在山上扮成一只只山羊爬来爬去，扮

一上午每人可以获得20元现金。这等好事，全乡的人倾巢出动，全部在山上扮成山羊，吓得一只只山羊只好在陡峭的山岩上跳上跳下。在山下一看，满山坡的白山羊。检查组充分肯定该乡发展山羊的成果。听这个故事的人笑

了，我却笑不起来。我在想，那些扮山羊的人们望着山下的检查组，他们是怎么想的呢？那些挤在人群中的真正山羊，又是怎么想的呢？羊和人挤在一起，望着阳光铺地，望着山下的羊圈和村庄，是怎样的百感交集呢？

那些山羊一定很吃惊，今天挥鞭赶它们的人也成了羊。它们咩咩叫着，人咩咩学叫着。显然人的声音脱不去人气，显得很拘束。羊弄不明白，这些人是怎么了？一抹下山的夕阳照在羊的一对角上。它们看着山下的小路。突然，撒起四腿从山坡上跑下来，腾起的尘土还没有回落，羊已经回到羊圈。山上的人只好一步一步走下山。走下山的时候，暮色已浓，天上的星星在闪烁。

这些人在拿着20元扮羊的现金的时候，不知道他们的感受如何？

春天，一只羊走向山坡，肯定是发现了春天阳光下一大片齐崭崭、绿茵茵的青草。鲜嫩的青草在阳光下散发着恬静的气息。这只羊兴奋了，爱人、孩子都叫来吧，这么一大片青草地。这只羊一时还没有缓过神来，"咩——咩"叫着，母亲、爱人、孩子来了，见这么一大片青草地，也兴奋地"咩——咩"叫着，青草

被叫醒了。这时，它们互相望了一眼，很平静地、细致地在青草地上吃起来。羊群从一大片青草地走过，羊的细致，没有把青草地搞得凌乱不堪，青草地像割草机整理过一样平整。要是一个人在春天走出木屋，去田野转转，也就是转转，他们发现不了这样的草地。

羊不同。羊不走单，我家的一群山羊异常团结。在那只拖着长须、短尾上翘的老山羊的带领下，它们蹚溪流、攀山崖，腾空跳跃在山岩间，机灵得像飘来飘去的白云。有时候，趁我不注意，它们也跑下山岩，冲进庄稼地糟蹋庄稼，任我怎么驱赶，它们就是不出庄稼地。后来，我把那只老山羊赶出庄稼地，老山羊"咩——咩"一叫，那些羊群就像听到指令一样出了庄稼地。老山羊站在山坡上，拖着长胡子，望着我笑。我站在阳光里，对它点点头。老山羊摇摇摆摆走进羊群，羊群自然给它让出一条道，让它走在前头。站在明媚的阳光里，我脱口而出："队长，队长，好样的。"我感觉老山羊就像我们生产队的队长一样，每次出工，队长吹一个口哨，男女老少就跟在队长身后，等待队长派工。从那以后，我就叫老山羊"队长"了。只要我对着山岩喊"队——长"，老山羊就会高昂着它那长着长胡子的头，跑过来，甜甜地望着我。

打斗似乎是山羊的嗜好。在春天的草坪上，山羊开始了新一轮的争斗。跺着蹄子、摆弄着犄角，那种亲如一家的样子，这个时候一下子变成了仇家。弓起背，放低羊角，用头抵住对方的尾部，互相追逐打转。这时候，"队长"就会冲过来，"咩咩咩"叫骂着，及时排解纠纷，避免无谓的血战。在它的调教下，那些山羊都平静地交配，不敢再争斗。有的山羊很是生气，看着自己心爱的与别的家伙跑远，它就用羊角敲击岩石，摆出一副不满的架势。"队长"老山羊就会放低自己的角，走到年轻山羊的身边，角对角，安慰一番。

一天，太阳快落山的时候，夕阳像鲜血一样染红整个山坡，我站在夕阳里，这种鲜红把我压抑得喘不过气，那些染红的树，没有一点动静；那些染红的草坪，像洒满了鲜血；那些染红的山岩，像挂着的一张张红帘子；那些染红的溪流，像晃动的红镜子；染红的羊群，没有一点动静。静静的夕阳西下，羊群还在山岩。我有些迷惑，要是往日，羊群在"队长"的带领下，早就簇拥在了我的身旁。我正要喊"队长"，夕阳一下子落山，鲜红消失了。这时，我看见老山羊站的悬崖晃动了一下，老山羊站立不稳，跌下了山崖，我听见老山羊跌下山崖的响声，"咚——"一声闷响撞击着我的耳膜。我相信，那些山羊也听见了，它们反应过来是自己的"队长"跌下山崖的时候，它们长长地哀叫着。紧接着，一只山羊跳下了山崖，它要去救"队长"吗？紧接着，一只接一只，就如同在一个指挥若定的将军号令下，跳下山崖。我张大了嘴巴，目瞪口呆，喊叫不出声来。当我明白过来的时候，那些山羊一个个都冲下了山崖。

我哭喊着跑回家，说给爷爷听的时候，爷爷很惊讶。他一个劲儿说："不是老山羊跌下山崖多好！"爷爷到了山崖，望着山崖下白晃晃一片，泪就流下来了。我问爷爷，这到底是怎么一回事，爷爷摇摇头，没有说话，点燃几炷香，默默送羊群的灵魂上天。

这天夜里，我在梦中喊："羊活着，羊活着。"我看见一大群羊向我走来。它们要干什么？啊，它们把自己身上的毛全铺开，好大一片，像白云，像棉花，把我包裹得好温暖。它们把自己的血全放出来，输到我的血管里，像山泉水一样流到我的体内，把我滋润得筋骨强健。它们把自己身上的肉全割下来，送到我的嘴里，像喂自己的孩子一样精细。它们把自己的角全取下来，准备安在我的头上，我大声说，不，不，我不需要你们的角呀。羊说话了，孩子，只有你是我们羊的后代了，没有角怎能生成呢，孩子，来安上它吧。不，不……我大叫着。说梦话了，爷爷推醒我。是梦，幸好是梦，我说，我梦见自己变成一只羊了。你终要变成一只羊的，像我这只老羊一样，爷爷说。

变成一只羊要被吃的啊？爷爷苦笑着，点点头，又摇摇头。

若干年后，我想不明白：为啥扮一只羊可以，成为一只羊就没有人愿意了呢？

山里的狐狸

山里的狐狸，狡猾得很。

学小学课文《狐狸和乌鸦》的时候，我在心里一遍又一遍地骂那个狡猾的狐狸，一遍又一遍地可怜那只乌鸦。

我在心里想：不要让我遇见这可恨的狐狸，我一定会叫我家的黑狗咬它个尸骨无存。

可恨的狐狸，在一天夜里，神不知鬼不觉地钻进我家鸡圈里，叼走了一只下蛋的花母鸡。我和爷爷布下了许多圈套，一次次都被它识破了，鸡还是一天天少下去。爷爷说，这家伙灵敏得很，能辨别出人的气味。我捡起那些圈套，闻了闻，什么味道都

没有呀。爷爷说，你又不是狐狸，你哪闻得出来。我不明白狐狸还会比人灵敏，在那黑灯瞎火的林子里，会机敏地嗅出人留下的味道。

最可恨的狐狸，抓走了我家的鸡，连鸡毛都找不着，我把屋后的山林都找遍了，没见着一根鸡毛。我想，它肯定不会连鸡毛都吃下了。一有空，我就在山林里转悠，可还是一无所获。

狐狸在深夜抓我家的鸡，它是变成啥子去抓的呢？是变成一丝风吗，是用风的魔掌抓住熟睡的那一只只鸡的吗？是变成一双温柔的翅膀吗，用翅膀挨着翅膀，趁一只只鸡不注意，一下子抓走的吗？是变成一双温暖的手吗，抱着那些熟睡的鸡离开鸡群的吗？

反正是狐狸仍然神出鬼没，甚至连它的模样我都不曾看见过。我蹲在夜空里，想它接近鸡圈的时候追赶它。爷爷劝我，狐

狸不会来的，它知道你蹲在那里的。后来，爷爷想出一个办法，把黑狗拴在鸡圈旁，才避免了那些鸡继续减少。这天，我把黑狗带上山林，想要它帮我找找狐狸窝。整整一天，我和黑狗都在山林转悠。突然，黑狗停下来，在一个洞口狂吠不停。我正要爬到洞口去看，一只金色的狐狸蹿了出来。它猛跑几步，又回头张望。黑狗汪汪叫着，追了出去，我也举着木棒，跟在后面。狐狸那飘逸的跑动，确实美丽。它那三角形的脸庞嵌着一对小眼睛，妩媚而灵动。有时候，它停在山坡上，坐在那里用前爪洗一会儿脸，见我们跑去了，它又跑动起来。一跑一张望，一跑一停，我们一阵紧追，总也追不上。

我唤住黑狗，折转身，跑到狐狸窝。看着窝里几只小狐狸眍着蒙眬的小眼睛，身上的毛光滑而金黄。一只小狐狸还站起身，摇晃摇晃它那金黄的腰身，我家那几只鸡的毛就在它们身下，看着它们可爱的样子，我的气恼又消失了一半。黑狗跑来跑去，"呜呜"低吟着。猛一回头，哪想到，那只跑了的金色狐狸也返了回来，它坐在离我们不远的山坡上，用爪子洗着三角形脸庞，"呜呜"哀叫着。作为母亲，让它有了跟我们作对的勇气，几次它贴着树木，想要靠近我们，几次，它想要跳进它的窝里，都被黑黄狗撵跑。跑一段，它又不跑了，折转回来，望着我们，望着窝里的子女。我举着木棒撵它，它好像瘸了一条腿，一拐一拐的，好像跑不动。我又唤过黑狗追撵它。心想，这下看你往哪里跑。它在我们前面一瘸一拐的，眼看要追上了，总缺那么一点距离。追撵了一个山坡又一个山坡，刚才还是瘸腿的狐狸又一下子不瘸了，猛冲过一片树林，停在一个小山坡上，望着气喘吁吁的我们，露出了狡诈的笑容。

我们再次返回到狐狸窝，想要把几只小狐狸抓回去。我爬到窝里一看，几只小狐狸早不见了，窝里只剩下那些零乱的鸡毛，还残留着小狐狸的体温。

现在，我都不明白那些小狐狸是咋逃跑的。尽管这样，在我心里那只金色狐狸是伟大的，它那伟大母亲的奸笑我记在了心里。

小马乍行

小马乍行嫌路窄。

小马睁开眼的时候，红彤彤的太阳光已经染了半个山坡。

小马仰天叫了一声，声音细嫩绵长。

我背着粗布书包出门的时候，看见晨光稠稠地落在小马驹光滑的身上。我真想伸手在它的背上抓一把，想要仔细看看这阳光的样子。

就在昨天，我从山坡冲下来的时候，一眼就看见家里的那一匹小马驹与马妈妈在一块荒地里。在寂静的夕阳里，它们枣红

的身躯在跳跃。夕阳抖动了一下，马妈妈是一匹老马了，在它眼里夕阳是往日的旧色，山坡是习以为常的弯曲，溪流是日复一日的消瘦，天空是原先的高远……可小马驹异常兴奋，它撒开笨拙的蹄子，在荒地上撒欢。也许，它是听见我"嗵嗵嗵"跑下山坡的声音了，它也要在寂静的夕阳里弄出些声响。开始它是尥着蹶子在老马身边奔跑，一会儿冲上山坡，在山坡上一蹶子一蹶子跑动，把山坡上的尘土弹得四处飞扬。老马自顾啃着荒地上的青草，对于小马驹的躁动，它根本没有理会。夕阳笑了，笑声把整个山峰都震动了，小马驹感到非常无趣，马上停止奔跑。它站在夕阳里，望着对面山坡上的我。它在想：这个少年跟自己差不多的年纪吧，咋那么安静呢？我在想：这匹小马驹是多么的幸福，可以在夕阳里四处撒野。我们互相望着，远远地望着，望来望去，夕阳悄悄落下了山。老马已经走上回家的小路，小马驹还站在那里，望着我。我继续跑动的时候，小马驹也仰天呼唤一声，撒开蹄子向老马奔去。

我回到家的时候，老马和小马驹也回到马厩里了。我望着小马驹，小马驹歪着脑袋望着我。眼睛里，满是青草的清纯和善意，我看得出来这匹小马驹的眼睛和我少年的眼睛一样懵懂。若干年后，我才理解了那都是一双漂亮的眼睛，多余的东西是盛不进去的。有时候，人总是自以为是，其实我们看到的东西，马是能看见的。或许，马看见的东西，人总是一次次地忽视。

想着昨天小马驹那双望着我的眼睛，我的心欢欣鼓舞地跳动了一下。就把昨天杨老师批评我的事情忘到九霄云外了。多好的春天的阳光，学校操场坝里的李子树热闹地开着白花，杨老师就是站在那棵李子树下批评我的。杨老师批评我的时候，我感觉他批评错了，一生气，就与杨老师吵起来。我凶狠地哭着，就像那李子树上开的花。我一边流泪，一边与杨老师争吵。李子花帮了我不少忙，几次我泪眼蒙眬地看见李子花，哭喊就更加凶猛，我一甩手，挣脱杨老师的拉扯，我背着书包离开了学校。

小马驹走在晨光里，绝对没有我这样的忧伤。它撒开蹄子，一会儿跑到老马前头，一会儿跑进田野。老马喷着鼻子，表示对小马的不满意，小

马还是一会儿前，一会儿后。老马没有生气，它也许从小马的身上，看见了自己当年的影子。等到翻上一座山峰，山峰后面就是一片草地。老马已经把这里的一切看透了，在村庄稀里糊涂地待了20多年了。在它眼里，今天和昨天是一样的，苦难的日子要过，幸福的日子也要过。可小马没有老马那么深沉，它感觉今天和昨天不同，每天的太阳都是新的，每天的青草都是新的，每天的露珠都是新的。它一蹄子碰落的露珠，它会感觉是昨天夕阳的光辉，是昨夜星星的闪烁，是夜晚虫子的鼾声。它一蹄子惊起的鸟儿，它会追随着鸟儿飞翔的路线，眺望蓝天，眺望高山。它一蹄子踩上的落叶，它会想象蚂蚁在上面摆动触角，它会想象星星遗落在上面的光芒，它会捡起来做一面美丽的书签。它一蹄子腾起的尘埃，它会捧在手心，它会背在身上，它会一路风尘而来。

　　我走在山路上，我在想，小马是多么幸福啊，它想做啥就做啥。比如，现在老马在它前面走，它不想走了，它想去看一下小溪，它折回去看一会儿，跳到溪水里，看看自己在溪水里的帅样子也是可以的。我就不行了，我不想上学了，父母要骂我，杨老师要骂我，也许，路上的麻雀也要骂我。又如，小马跳进麦田吃一两口麦苗，没有谁打它，没有谁指责它，好像这个村子就是它的。可我就不行了，我顺手在地里摘了一根黄瓜，狗娃子要告密，他们还要喊我"三只手"。再如，小马高兴了，撒开蹄子四处奔跑，哪怕跑进油菜花里，把黄澄澄的毯子搞得凌乱不堪，或许它再一高兴，还要在油菜花里打一两个滚儿，滚得浑身是金黄的花粉。主人举着鞭子过来的时候，小马已经跑上了山坡。几句粗鲁的骂声也只能落在油菜花里。小马在山坡上冷笑，主人在山下生闷气。我敢那样吗？我不敢，我要是在油菜花里撒一泡热尿，都要看看四处有没有人。

　　我想着这些的时候，小马已经冲进麦田里又偷吃了一两口麦苗。它望着我，感觉到了我的郁闷。我身体里的一些东西在猛然觉醒，我咋就不能成为一匹幸福奔跑的小马？

　　我以为，小马可以做的，我也可以做。我学着小马的样子在山间小路上奔跑，那些树在迅速地向我身后倒退。那些低飞的鸟儿在与我比试，那些飞翔的尘埃在与我同行。在简朴的村庄里，我是一匹开始飞奔的小马。

　　哈哈，若干年后，当那匹小马又从我记忆里奔跑起来的时候，我身上小马那样的气息，眼里小马一样的目光，是不是还是没有减少？我很想知道，村庄在这个时候，还会不会把我也当成一匹小马，让我回到村庄的小路上？

牛鼻上穿绳

　　牛鼻上穿绳，哪有情愿的。

　　春天是一个躁动的季节。

　　小牛犊跑进春风里，四蹄高扬，腾起的尘土在村头飞扬。山间小路上、空地里，小牛犊轻踏小路，好像在跳着踢踏舞。春风是它的，我站那里都是多余的。小牛犊跑进阳光里，透明鲜亮的光彩打了它一身，这些阳光好像都是奔着它来的，一丝阳光的金黄足够让它欢欣和激动一上午。我陷在春光里，没有多余的语言，没有夸张的动作，我静静地，春天叫一个乡村少年活跃不起来。可小牛犊很在场，它有一种在春天这个舞台表演的欲望。它冲进一片油菜花里，在油菜花里到处乱窜。它一定是把阳光下的油菜花当成了村口的院坝，它一定是在春风里嗅到了诱人的油菜

花味道，它一定是听见了蜜蜂在油菜花里的窃窃私语。反正它一趟过去，一趟过来的，油菜花糟蹋了一大片。我看着，我静静地，我没有惊动它的莽撞举动。

老牛很安静，它望着小牛犊，很是担心。它仰起脖子，向小牛犊提醒了一下。小牛犊很固执，它没有听从老牛的劝阻。它站在油菜花里正看着一只蜜蜂飞舞，它看得很专注、很陶醉，阳光里满是黄澄澄的气息。我站在油菜花小路上，几只麻雀叽叽喳喳叫着、议论着。我不想这么安静地站着，可没有谁和我说话，我想给小牛犊说说话，但小牛犊高傲地不理会我；我想找那只小蜜蜂说说话，但小蜜蜂忙着采蜜，哪有时间和我显摆；我想与小麻雀说说话，可它们激烈地讨论着，我根本插不进去话；我想油菜花该听我说说话吧，可油菜花摇着身子在忙着跳舞，没有时间听我有一搭没一搭的废话。这个春天注定我是寂寞的。

老牛又呼唤了一声，小牛犊还是没有理会，小牛犊很陶醉这一大片的油菜花。老牛看着阳光下不懂事的孩子，它摇晃了几下脖子，牛铃在阳光里格外响亮。它安慰着自己，等孩子大了，就好了。它低下头，啃着那些冒出土的草芽芽，很多时候是把土也啃起来了，土和着嫩嫩的青草咀嚼，更能品尝到这日子里的味道：一点泥土的味道，一点春天的气息。

小牛犊站在黄澄澄的油菜花里，呼吸着这甜蜜蜜的气息。它看见一条花蛇正懒洋洋地从洞里爬出来，小牛犊向前走了一步，花蛇只好退进洞口，只露了头，望着小牛犊。小牛犊笑了，再上前一步，花蛇完全退了进去。小牛犊大声地笑了起来，它对着花蛇的洞口撒了一大泡热尿，热腾腾的气息上来，惊得油菜花枝上的一只蜜蜂慌忙地飞走了。

爷爷撞了进来。爷爷气呼呼地说了一句："你个小家伙，硬是拿你没法了。"小牛犊看见爷爷撞进来了，也听见了爷爷的骂声，它一下子跳出了油菜地。它站在阳光里对爷爷笑了一下，爷爷也狡猾地笑了笑。小牛犊调皮地瞪着一对大大的眼睛，那种清澈、无邪、干净的目光在阳光里闪烁，像油菜花一样晶莹，像青草一样碧绿。小牛犊望着爷爷：老家伙，你要干啥？

这时候，我看见爷爷身后站着几个小伙子，拿着麻绳，拿着粗粗的木棒。他们悠闲地抽着纸烟，满面春风，得意得像是得到了一坨金子。

爷爷干脆坐在草地上，也拿出一支纸烟抽着。小牛犊哪里知道爷爷正在酝酿一场战斗。一支烟抽完，爷爷把烟头甩得远远的。爷爷跟牛打了一辈子交道，他像哄小孩子一样把小牛犊唤过来。小牛犊用一对刚冒出来的角在爷爷怀里试探着。爷爷抚摸着小牛犊脖子上的毛，使了一个眼色，几个小伙子上前捉住小牛犊的腿，爷爷使劲拽着小牛犊的一对角。阳光开始猛烈地摇晃，"咚"一声，阳光抖动，小牛犊还没反应过来，它已经躺在了草坪上。小牛犊一个劲地挣扎，不停地哞哞叫唤，四个蹄子在地上乱踢腾着。几个小伙子爽朗地笑着："这家伙劲好大，是个耕地的料子。"

老牛远远站在阳光里，没有惊慌，没有哀怨，善意地望着眼前的一切，淡定地望着自己的孩子。听见小牛犊哞哞叫唤，老牛仰天长叫了一声，安慰着那躺在草坪里的孩子。一会儿，老牛在阳光里有些战栗，眼里流着泪。它一定是从孩子哞哞叫唤声里，听出了疼痛，听出了撕心裂肺的疼痛。阳光微微晃动，油菜花开始战栗。爱叫的鸟儿们哪去了？那些嗡嗡的蜜蜂哪去了？那些轻

柔的春风哪去了？孤零零的我站在阳光里大气都不敢出，我怕老牛哭晕过去该怎么办？老牛的腿在突突突战栗，我的腿也快站不住了。

我终于大声喊起来："为啥要把小牛儿按倒？"爷爷没有理会我，用早先准备好的筷子大小的竹针，猛然从牛鼻孔壁扎过，竹针牵着一根棕绳也就顺势穿过，然后把棕绳套在牛角上。小牛犊在地上战栗着，鼻孔的血已经把它的哞哞叫唤声淹没了一半。

小牛犊跳将起来，想摇头摆脱棕绳，可疼痛得很。小牛犊喘着粗气，两个鼻孔流着血，跑到老牛身边，老牛用舌头舔着小牛的鼻孔、脸和身子，眼里全是怜爱。

爷爷笑着对我说："这是扎牛鼻子，小娃儿，不懂嘛。"我问："不扎不行吗？"爷爷又笑了："不扎，它就不听话。"

小伙子们在阳光里大声说笑，愉快地抽着纸烟。我恨这些家伙，难道他们就没有感受到老牛那注视的眼神和悲伤的哭泣吗？爷爷不再说话，望着阳光里的老牛和小牛犊，眼里分明闪着泪光。

狗不嫌家贫

狗不嫌家贫，儿不嫌母丑。

狗进入哪一户人家，是它的命。

这只黑狗满月的时候，就来到我乡下瓦窑铺的家里。它周身黝黑，只有头上有一点白色。我叫它小黑。开始的时候，它到处转，嘴里呜呜叫着，像是在寻找啥子东西。它没有想到在一个老

人热热的怀里睡了一
觉，就来到另外一个地
方。这个即将生活一辈
子的地方。它眯着眼睛
看了一下，土院坝，五
间木屋，屋后是一片竹
林，一口井。几只鸡在
院坝里悠闲地散步，刚

才抱它的老人在静静地抽着旱烟，我坐在院坝的梨树下发呆。这
只黑狗就这样在我家安家落户了。

刚开始它连我家门槛都翻不过去，只好从门槛下的小洞钻
进钻出。接下来的几天，它到处寻找，它要找的伙伴没见影子，
它要找的怀抱只有一个草窝。它很失望。看着它孤独的样子，我
把一只破皮球丢过去，它就用嘴咬，我从它嘴里抢过来，又把皮
球抛远，叫它一遍遍地去追咬。顽皮的孩子心灵是相通的，没几
天，我们就成了好伙伴。

小黑一定是看出我家的穷样了。每天给它吃得最好的就是一
碗酸菜苞谷了，即便是只能管个半饱，它也没有想过要真正离开
这个家。几次它跑到山下的马路上，刚冒出一走了之的想法，一
想到那个墙角的草窝，它又低着头悻悻走回来了。几次它跑过那
条溪流，想要顺着流水走得远远的，但一想到那只破皮球，它就
又兴奋地走回来了。

小黑也一定看出了我家的难处。偶尔，我家炖上一次肉，我
会背在墙角，把自己碗里的一块大肉让给小黑。小黑很感激，一
口吞下去，流着口水望着我，它知道我碗里只有肉汤了。所以，

　　这个时候，它望一会儿我，会很知趣地走进草窝，窝在草窝里，看着一屋的人大口吃着肉，大碗喝着汤。

　　在村庄，一只狗只能是看家狗。它的忠诚，也许连一个取暖的位置也没有赢得。哪怕是一个温热火塘。冬天，小黑有时候挤进火堆来，父亲就站起来，照着小黑的屁股就是一脚，小黑"汪——汪"叫着跑出火塘，立在凛冽的寒风里。有时候，我会不声不响地跑出去，唤小黑到我身边来。小黑在寒风里哆嗦着，我在寒风里伤心。父亲出来，照我屁股就是一脚，训我："干啥不好，在冷风里抱着一只狗。"我没有开腔，父亲不理解一个孩子与一只狗的感情。我紧紧抱着小黑的脖子，蹲在寒风里。父亲生气了，狠狠地用脚踢我，我蹲在那里，依然不动，只是默默地流泪。父亲见不奏效，抬脚踢跑小黑。小黑一定伤心透了，寒风呼啸着一阵一阵吹来，我看见小黑在寒风里抖擞。它一定是流泪了，它的眼睛一定是湿润了，它多么想用那红通通的炉火温暖一下那瘦弱的身躯，它多么想和小伙伴一起蹲在火堆旁，听小伙伴写字的沙沙声，听小伙伴琅琅的读书声。可它只能走进它的草窝，无声无息地躺在草窝里，任狂风吹乱那些草垛。

尽管这样，小黑还是没有抱怨，它很满足这个家，满足这个家的一切。哪怕一日三餐都是寡味的剩饭，哪怕十天半月见不到一点油花。我看不过去的时候，会偷偷丢给它一筷子面条，丢给它一块腊肉，它摇着尾巴吞下去，然后就不声不响地跑远了。丢给它一个骨头，它在窝里要啃上好多天。它很知足。面对那些怒喝和棍棒，它也只是委屈地叫上一两声，不再言语。

小黑一定知道我上学的路线，不然它不会每天站在村口接我。每次放学走到瓦窑铺那个小坡的时候，小黑站在黄昏的余晖里，确认是我后，它跑向我，尘土腾起。跑到我跟前，又是咬我的裤脚，又是跳将起来往我身上扑。我抓住它的一只腿，握着。小黑是怎样知道我要回来？它在这条山路上等了我好久？它也是站在村口望啊望，望着夕阳快落山了，望着倦鸟飞回巢了，它是想它的小伙伴该回来了吗？对了，它一定是看见了母亲升起的炊

烟，那是乡村的眼睛，一个母亲渴盼儿子回家的眼睛。它一定懂得一个母亲的心情。

小黑一定知道感恩。一个暑假，我上山捡柴，小黑跟了去。那天阳光灿烂，蓝天白云。小黑一会儿冲进树林，追散一对对斑鸠；一会儿对着山梁"汪汪汪"吼上几声，整个山谷回荡着它雄壮的吼声和我稚嫩的歌声。走进一个树林子，我用一根干柴去钩另一根干柴，就在我要够着的时候，我脚下一滑，顺着斜坡直往下滚。这时候，小黑听见响动，"汪汪"叫着，迅速跑了过来，用嘴咬着我的衣袖。小黑使劲咬着，我趁机用一只手抓住山坡上的一丛茅草，攀着山上的树枝，艰难地爬上了一块平地。坐在平地上，我惊出了一身冷汗。小黑爬上来，嗅嗅我的手和脚，看着我的脚出血了，用舌尖舔了舔。小黑站在我的身旁，不叫也不四处跑了，它肯定也是被刚才的那一幕吓着了。它定睛看着我，清澈的眸子里洋溢着泪花。

一个寒冷的冬天的早晨，小黑已经几天不吃不喝，已经皮包骨头了。小黑孤独地望着它再熟悉不过的小路，望着那些枯萎的花草，望着梨树下的土药罐，望着天边的一抹云彩。小黑挣扎着走出草窝，把我送到山坡。见它摇摇晃晃得厉害，我抚摸着它叫它回去。它站在山坡下，感激地望着我。可没有想到的是，小黑没有等我回家，就死在了离家不远的山坡上。爷爷说，下午的时候，小黑知道自己不行了，就走出草窝，躺在山坡上死了。爷爷说："狗不会死在主人家里的。"我在心里喊着小黑，那是怎样的一次出行啊，我相信它是去接它的小伙伴了，它是去那个向阳的山坡晒太阳了，它还要回来。

可小黑再也回不来了，它一定是不想给这个家增添死亡的气息。它走下山坡，一定有冬日的一抹阳光照着，它在阳光里摇摇晃晃，看见一片黄茅草，就躺下了，它说：真好的阳光。它闭着眼睛，温暖地闭着，等着熟悉的小伙伴的脚步声走来，惊醒它。

可小黑走了，离开了它一辈子都没有嫌弃过的家。我的脚步声再也惊醒不了它。在山路旁，竹林里，我为小黑立了一块碑：小黑，一个贫穷家的孩子在此安息。

哪一天，我真希望回家看看，说不定在青草掩映、茂密竹林里会跳出小黑的身影。

乌鸦说猪黑

乌鸦说猪黑，自己不觉得。

在乡村，人们都把乌鸦说成一种不祥的鸟，特别是它沙哑的叫声，总是叫人不安。"乌鸦在叫，哪里要死人了。"乌鸦在高大的黄连树上叫起来的时候，隔壁张老汉总要骂："叫魂啊，死东西。"

乌鸦还在叫，开始是单音节，听见张老汉的骂声，它长长叫了一声，像在诅咒。张老汉生气了，对着黄连树上甩石头，石头根本甩不上树，落在黄连树下，乌鸦叫了几声，飞走了。

张老汉听见乌鸦的叫声，就很落魄，像是死神跟在自己身边了一样。他说，乌鸦的嗅觉很灵敏，能嗅到千里之外的腐臭味。

乌鸦的嗅觉我倒是见识过的。村里一头老牛在我家对面山上吃草，脚一踩空，跌下了山崖。由于山崖陡峭，人去不了，老牛就在山崖天葬了。那几天，村里不见乌鸦飞来，可隔了一天，

一只乌鸦在空中盘旋，它发现了滚在山崖的那头老牛。它很冷静，它没有一下子就落在死牛身上，它反复在死牛上空盘旋了几圈，它在绘制落点；它一边盘旋，一边观察，它试探地落下，又飞起。它没有落在死牛的身边，它落在一棵野核桃树上，一动不动地察看死牛的动静。在确认没有任何危险和暗藏的杀机后，它落在死牛的身上。

它试探地啄了几口死牛的伤口，一下又一下。顿时，它兴奋地叫起来。它又飞上野核桃树，它叫着，长一声，短一声地叫着。一会儿山崖上出现了无数的乌鸦，它们齐刷刷降落在死牛的身上，开始兴奋地啄食死牛。原来，是先前的乌鸦换来了那么多的同伴。它们黑压压地压在死牛尸体上，像一块黑布罩在山崖。

张老汉见不得乌鸦，隔河长长地吆喝着，叫骂着。乌鸦开始吓了一跳，齐刷刷飞上天空，停在另一个山头，见没有任何动静，乌鸦又飞回死牛身边。最后，张老汉再怎么喊，也惊不起乌

鸦了。张老汉很生气："真是一群饿死鬼。"的确，乌鸦们啄食得很馋、很猛、很快。不到一天的工夫，山崖上便只剩下了一副牛的空骨架了！

乌鸦们一哄而散。

我看到它们集体飞走后，我很感动，一只小小的乌鸦，即便是在食物短缺的情况下，偶尔得到丰盛食物，它也不会独吞，它会想着那些与它一样面

临饥饿的同类，它会邀尽量多的同类一起来分享。

可是，尽管这样，人们总是贬低乌鸦："乌鸦说猪黑，自己不觉得。"

乌鸦的叫声很单调，也很悲凉。它一直哇、哇、哇地叫，遇到天晴是这种叫声，遇到暴雨天，也是这种叫声。也许，它的叫声没有任何恶意，或者是对天地万物的感叹，或者是对飞翔的感叹，或者是对草丛中一束鲜花的感叹。相反，人的叫声总是那么奸诈，总是那么势利，总是那么妩媚，总是那么暗藏玄机，总是那么狂妄和造作。人懂得什么时候该要什么样的叫声，乌鸦不，乌鸦一直是一个音调。乌鸦不在意人们怎么理解它的叫声，叫了就叫了。有时候，张老汉在收麦草的时候，一抹夕阳照在他的额头，乌鸦就又开始在黄连树上哇哇哇地叫了，张老汉低声骂了一

句。还有的时候，乌鸦站在溪水边，看着自己一身黑衣的倒影，它很自豪，像一个黑衣绅士一样在河滩上踱步。它看清了村庄的一切。

可张老汉看不清，我也看不清自己那些隐藏的黑色。一些恐怖的黑色，一些忧郁的黑色。瞧瞧我们人的贪婪吧，靠在虎皮座椅上的那一颗脑袋，还想要天鹅羽毛垫子托起；一滴水不够，要一大片海洋；一束鲜花不够，要一座四季常绿、鲜花缤纷的花园；一棵树不够，要一大片各色树种齐全、纷然杂陈、互相衬托的密林；一个房间不够，要一个苍茫、辽远的宇宙。乌鸦不，它只要一片天空，它能飞翔、它能分享就可以了。再瞧瞧我们人的糊涂吧，是我们把那一河的水弄脏、弄浑浊，弄淤塞，让河水渐渐断流、渐渐枯竭，最后成为一片荒滩；是我们把那明朗的天空蒙上一层灰布，星星少了，仰望天空的笑脸少了；是我们危险地闯入地下，掘油、挖炭，甚至自己给自己挖掘一座坟墓。这时候，我想说，别讨厌乌鸦，它的叫声虽然有些沙哑，但它会告诉我们离死亡的时间越来越近。因为它灵敏的嗅觉能嗅到我们人类身体上的腐臭味。

于是，我想：乌鸦说猪黑，自己不觉得，这句话用来说我们人倒是很贴切。

蚂蚁是一支精良部队

一群蚂蚁从四合院北面街沿的洞穴里列队出来，向南面的一棵梨树进发。它们迈着小巧的脚步，不惊不乍、旁若无人地行进着。天井，静寂的黄昏，散漫的阳光。浩浩荡荡的蚂蚁让我在静寂的黄昏听到了它们远行的脚步，像那从风中奔驰而来的密密马蹄。这只黑色的马群，穿过天井黄昏的阳光，不慌不忙。我的脚步声，天井的几声猫叫，还有从天井灌进来的风，哪怕那风卷走了几片梨树叶，也没有惊动这只行进中的马群。我断定这是一支素质优良的马队。它们要开到哪里去？我来不及放下书包，驻足，行注目礼，检阅这支从我脚下通过的部队。

我捡来一片梨树叶，随手抛在了它们道路的中间。对这突如其来的袭击，它们毫无准备，它们的心思全在赶路上。它们有秩序地停下来。一只蚂蚁走上树叶，就望见了前面的部队，这只蚂蚁得意地摆动触角，向它们的伙伴传递着信息：不就是一张绿

地毯嘛，兄弟们冲啊。部队又恢复了先前的秩序，抬脚、挥手，刷刷刷，整齐划一。它们穿过绿地毯就像走在金色的阳光下，骄傲，威风。它们对我的袭击不屑一顾，就像一支装备精良的部队凯旋，走在红地毯上一样。每每从童年的阳光里找到这些可爱的小家伙，我就要激动好一阵子，它们处变不惊的样子，让我崇拜和追逐。

童年的我还不满足对这支素质优良部队的捉弄。我从书包里翻出彩色封面的语文书，霸道地横在它们道路上。对这本厚厚

　　的语文书，这支黑色的马队没有打算要去读，有蚂蚁掉转头用触角同前进的伙伴们交流，队伍缓慢停了下来。有蚂蚁想翻过那本书，试了几次都摔了跟头。终有一只蚂蚁翻过书脊，爬上了彩色的语文书，对书上的那一丝垂柳，对那同自己一样一身黑色礼服的燕子，这只蚂蚁感觉新奇，它有些不知所措，有点像热锅上的蚂蚁。另一只蚂蚁急急地绕过那本语文书，又很快找到了前进的部队。它返回来，把部队重新引上了正轨。这支素质优良的马群让我知道了任何障碍都阻挡不了它们前进的步伐。

　　爷爷说，这是蚂蚁赶场，天要下雨了。

　　像在搬家，不像是赶场呢，大包小包扛着那么多东西。我说。

　　对了，蚂蚁是不是知道要下雨了，它们要找一个遮风避雨的地方？趁雨还没来之前把巢穴搬到了梨树上。爷爷笑着点了点头。梨树的花已经开过，枝叶掩映青青的果实在风里摇曳。这时，梨树真是一个理想的遮风避雨的地方，它们要在那里做饭，要在那里睡觉，那里就是它们的家。我甚至想，蚂蚁选中梨树做自己的巢穴，是要去等那一树似锦的繁花和那蜜汁一样的果实。

爷爷的说法第二天就应验了。蚂蚁的长队还在行进，几朵乌云遮住了天边的彩霞，天井一下子暗淡了。我捡起语文书，去了南面的木楼。倚着木楼窗户，我听见爷爷说，雨都掉起了，趁早把沙地里的麦子收回来啰。爷爷拿着弯镰出门了，我看到一颗雨滴分外晶莹，落在了爷爷脸上。那夜爷爷把沙地的麦子收完才回家，我早已进入了梦乡，我不知道那雨是好久成规模下起来的。第二天起床，雨就那么不急不躁地下着。天井北面街沿蚂蚁的洞穴已经被雨水冲刷得乱七八糟的。蚂蚁机灵地避开了雨水的洗劫。

蚂蚁赶场，预示天要下雨。蚂蚁的触角知道天上的东西。我

　　抓起一只蚂蚁，坐在天井的石板上，残忍地肢解了那只蚂蚁，轧断它的细腰，剥开它的身体，我想弄清楚蚂蚁知道天象的秘密。除了肢解的身体，我没有找到答案。偶尔我想，蚂蚁也是有梦的，它们能知道天下不下雨，该是从一个美梦或噩梦里知道的。

　　我的童年对蚂蚁格外关注。把它们在天井北面街沿的洞穴捣开，给它们浇水，冲它们的家园。我在心里狠狠地说，昨夜总没有梦见今天有雨吧？我笑，蚂蚁到处逃窜。

　　对这一个又一个的恶作剧，蚂蚁的惊慌是短暂的，它们很快恢复了平静。家园被毁了，它们会建设一个新的家园，最多是从一个洞穴搬到另一个洞穴，从一个草地搬到另一个草地。它们照常在下雨之前列队，扛着大包小包去建设新家。下次不一定还去梨树，其实，天井东面的那棵枣树下的草坪也很不错。我确信蚂蚁在天井是快乐的，它们在天井预示了一个又一个雨季。

　　而童年总是很短，天井散漫的阳光和可爱的小蚂蚁我已经很长时间没有看见了。我不再对一群蚂蚁感兴趣。天井外的许多东西吸引着我，我记忆里的蚂蚁正在一点一点消失。

　　这天我走在乡村的土路上，突然间几滴晶莹的雨滴，落在我的脸上，低头一看，竟是一群蚂蚁，一如我童年的黑色马队浩浩荡荡，一如触到了我记忆的麻经，痒酥酥地痛。多年来我从一个地方挪到另一个地方，不正像蚂蚁搬家一样吗？虽没有它们那么兴师动众，但也用了我大量的时间和精力。只要天要下雨，蚂蚁就要搬家，哪怕那个家是多么豪华和舒适。其实，我的内心和灵魂都像蚂蚁一样警惕和多疑。可我在许多方面又很迟疑，不像蚂蚁那样坚决。我希望我在未来的风雨中更像一只蚂蚁，不慌不忙、不惊不乍搬家生存。在下雨之前，把家搬到一个安全的地方。

一座村庄的温度

我安静下来的时候，就能感受到一座村庄的温度。

在我心里，我一直没有走出过那座村庄。我所有与它的记忆，都藏在可以感受的一种温度里。

下山的时候，没有落雨，只有一些跳跃的夕阳跟在身后，还有一些风迎面打来，我知道我离那座村庄的距离不远了。一些青草的味道，一些马粪的气息，一些槐花的香气，一些脚印的痕迹，或紧或慢地向我包围。于是，我急切地跑下山，我想拥抱村庄的风，拥抱村庄的气息，一路跑下去，抱在怀里的尽是鸟声和花香。我奇妙地感受到，我身上有了草的清香，有了花的芬芳，甚至有了马粪的味道。我没有激动，我明白，那是村庄温度里跳跃的气息，这些气息可以一点一点把我覆盖起来。

村庄的所有房门都敞开着，迎接那些飞虫，迎接乡野的气息，迎接我这个好久不曾回家的儿子。跨进房门，桌上的土碗，地上的木凳，是那么熟悉。一只猫跳到我面前，亲切地叫了几声，像老朋友一样姿势优美地卧在我脚前，我的手，自然地滑落到它毛色光亮的身上，我来回滑动着，一种光滑、一种柔和，让我一下享受到了抚摸的感觉。这只猫望着我，我才突然发现，那双眼睛多像母亲的眼睛，蕴含着那么多的叮咛和忧郁。这双眼睛，有着固定的温度。这种温度里，一定捎带着父母的体温。

我知道母亲此时在明亮的田间劳作，我清楚母亲把银亮的锄锋背过庄稼，然后把一锄土轻轻地拢在一棵庄稼的根上。那是

一种对庄稼的宠爱，庄稼肯定能感受到，沿着绿色的茎脉，它们幸福地摇晃着、摇晃着……此刻，母亲的手温庄稼也感受到了，它们在母亲温暖的恩情里呼吸、拥抱、亲吻。偶尔，母亲也走走神，她要想想家里的猫、狗以及挂在房门上的铜锁。趁母亲走神的空隙，这些庄稼也要说说话。我相信，母亲懂得它们的语言。母亲对它们的对话有时置之不理，有时也笑一笑，有时也抱怨一两句："这天咋这么干。"母亲望着成片的庄稼干旱，眼里充满了焦急和忧郁。她的眼睛穿梭于农业深处，穿梭在阳光雨露里，穿梭在土地的角角落落。她眼睛所到之处，能感知土地的温润程度，甚至庄稼的高度，母亲也能一口说出来。在农业的细节里，农业的颜色里，布满了母亲那双有些血丝的眼睛，这双眼睛充满了温柔、阴郁和善意。

走下土坎，在青草覆盖、阳光跳跃的田地里，蚂蚱在我的脚下翻飞跳跃，这些小生灵簇拥着我。我蹲下身子，抓起一只褐色的蚂蚱，它的眼睛闪动着，触角摆动着，静静等待着发生的一切。对我的鲁莽，对我的无礼，它显得那么高贵和绅士。在它眼里，风也过，雨也过，一切都会是过眼烟云。我放下这只小蚂蚱，它在草丛里停顿了片刻，又开始了翻飞跳跃，跃过草丛，跳过土坎，迅速消失在我的视野。我明白，这只蚂蚱将带着我的手温跳跃在田野间，我也将把一只高贵的蚂蚱记在心里。许多年后，我回到村里，说不定一只蚂蚱会主动地跳上我的手掌心，给我拉琴，听我诉说。

"你回来，花儿就开了。"在一棵向日葵下，母亲戴着一顶旧草帽，正在给向日葵除草。向日葵长得比母亲还高。望着那棵金黄的向日葵花和微笑的母亲，我在心里喊出：多美的花儿。

此刻，所有的疲劳、所有的忧郁，开始从自己身体里分离。我相信，此时我是快乐的、无忧无虑的；此时我也是洁净的、没有任何杂质的。

　　母亲一只手撑着向日葵花，一只手拄着锄头。母亲像是被金黄的向日葵和锄头搀扶着。我更相信母亲右边的向日葵是美丽的媳妇，左边的锄头是母亲的儿子，母亲被儿子和媳妇搀扶着。母亲在阳光下，从来没有失望过，这么多的儿子和媳妇。

　　向日葵花，是乡村最美丽的花，这么多年我一直记着花的繁茂，花的金黄，花的力量。乡村生活的温暖和苦涩，清爽和寂静，都被一棵高大的向日葵花渲染着。乡村因为一棵向日葵变得那么伸手可摸。小时候，那些向日葵花，就是我们儿童生活的大部分。向日葵花凋谢的时候，我们就开始把向日葵花盘上的葵花子往下摘，或者，更有甚者，就是掰下向日葵的一半，蹲在田坎

上一颗一颗地吃。那些年月，我一遍又一遍在自己的图画本上画这些向日葵花，向日葵花画满了整整一图画本，那时，我还不知道有一个画向日葵的梵高。我只希望，我的乡村土地上全是向日葵花。在乡村，向日葵是一种花，更是一种粮食。

作为花的向日葵，乡村一直不单独种植它，它们立在田边地头，成了一种装饰，成了玉米的陪衬。向日葵沾了玉米们的光，长得格外精神和茂盛。当然，向日葵花有时也和那些桃花一起走上乡村的窗户，成为能引来蝴蝶的窗花。黄昏的时候，在那些向日葵花盛开的窗户下，我曾经看见过一对男女说悄悄话，他们头挨着头。现在回想起来，那是多么美妙的一幅画，他们一定是一对懂得生活的爱人，一定是一对心怀感恩的爱人。我现在回忆起来，心里还怦怦跳个不停。

作为粮食的向日葵，为我们多少乡村少年解馋。一包葵花籽，成了我们炫耀的资本。讨好女生，用一包葵花籽；交换儿童书，用一包葵花子。悄悄给女生一包葵花子，然后，看她嗑葵花子的样子，心里幸福得就像花儿绽开一样。我对葵花的感激，远远超过了乡村的粮食。我同样要感激乡村，在那么贫穷的年代里，没有忘记种植一种花来装扮田野，来装扮少年儿童的心灵。

我知道，向日葵是我辨认村子的唯一方向。向日葵花一直绽开在我前行的路上。

风是有温度的，风轻轻梳过山坡，田野的清香气息扑来。那些鸟在风中鸣叫，那些雨在风中飘逸，那些花儿在风中绽放，那些笑语在风中擦亮。风中，乡村开始轻盈地舞蹈起来。那么柔性，那么厚实的风，那些鸟鸣，那些狗叫，那些细碎的声息，那些开花结果的气息，那些跳跃的节奏，那些普普通通的呼吸，那些脆弱的汗水和泪水，都在风里歌吟，都在风里打滚。

风是有颜色的，有的。是母亲撬开的第一锹土的颜色，褐里透红，黄褐色的泥土，黄褐色的皮肤。是母亲递给我的一只苹果的颜色，晶莹透红，水晶一样的心。是母亲摘下的一颗玉米的颜色，黄里透绿，金黄色的玉米棒子，青绿色的外衣。是母亲摘下的一颗颗樱桃的颜色，透着玛瑙样的光彩。是母亲炉灶上喷吐的火焰的颜色，一会儿红，一会儿蓝。乡村的许多颜色，都跟风有关。

风的乐队，吹吹打打，翻山越岭而来。在风中，母亲要把摊晾在石头上的衣服抢收回来，不然，风会把五颜六色的衣服吹得纷纷扬扬，到处都是。风走下山坡的时候，母亲就感觉到了，赶紧丢了锄头，赶在风的前面，把衣服紧紧抱在了怀里。母亲对她的麻利动作很满意，对跟在后面的风和我笑了笑。母亲逆风站着，从母亲怀里露出的一些衣袖，或者衣角飞舞着，母亲好像要飞舞起来，她紧闭着眼睛和嘴唇，在风中一动不动。当风停下来的时候，母亲看见风滚过的玉米地，玉米苗一个个都匍匐在了地上。母亲心痛地骂着："妖风，妖风。"有些妖野的风让我在风中看到一个母亲的悲壮。在风停下的时候，母亲要走进玉米地，去扶那些倒下的玉米苗，母亲一直忙到星星爬上夜空，也没有扶完。夜里又起风了，母亲要抱怨："哪来这么大的风？"哪里来的？没有人能知道，风一阵一阵呼啸，还使劲拍打着木窗子，把木门木窗吹得咯吱咯吱响，好像房子也会在风中摇碎。那一夜，母亲都睡不好，她要知道风要吹好久才能停，风不停，母亲就睁着眼睛，听着房门外的风呼啸。清晨，风好像停了，母亲也走到

了地里，一夜的风雨，把整个村子吹得透明锃亮。母亲望着那些
又被风吹立起来的玉米苗，感动地说："耶，还长高了一截。"
我也感动，风一定是看见了一个母亲在风中心酸地扶玉米苗的
情景。

　　母亲说："既然回来了，就去看看老祖先们。"走进一片柏树
林，这些柏树鬼魅地望着我。关于这块祖先住着的坟地，我一直
敬畏着，朝圣般远远望着它。沿着坟林的柏树走进去，阴森森的
气息一直升腾着。我没有童年时代的害怕，只有一种苍凉拥抱的

感觉。

母亲说："人就是这样子，活到头就一个土堆堆。"我没有说话，我想我的所有话语都没有母亲那句经典，那些话包含了日光流年的苍茫，包含了岁月风霜的硬度，包含了一个母亲的气势。母亲指着一座坟说："这是你外婆，背你过河，丢了小脚鞋，记得吗？"母亲走到外婆坟上，扯了坟头上茂密的茅草。母亲又指着一座坟说："这是你爷爷，你没见过，死得早，一直想打个碑立起，一直没有打成。"其实，母亲不止一次，带我走进坟林，一座一座坟地给我讲述，那些祖先曾经的样子，在母亲的讲述中走出来。我想着，要给爷爷立怎样一个碑呢？看着坟林里立的碑，上面雕刻着龙和凤、飞禽走兽，还有一些人物，是很复杂的。现在想起来，乡村这些石刻，对活在世上的后来人，多少慰藉多少心安。

真的，一座村庄的温度，就在这些琐碎的往事里，就在这些花的绽放里，就在这些风雨的气息里。这些温度，有时让我冒汗，有时让我哆嗦，有时让我不冷不热。这些温度，我与乡村长久地离散之后，在一个早晨，突然回到了我身上。

仰读月光

我知道《诗经》里的那个月光坡："月出皎兮，佼人僚兮，舒窈纠兮。劳心悄兮！月出皓兮，佼人懰兮，舒忧受兮。劳心慅兮！月出照兮，佼人燎兮，舒夭绍兮。劳心惨兮！"这个月光坡有许多的深情，有许多的愁肠。今夜我在这个山坡上，青青草丛里，月光成了我一个人的。我没有愁肠，我心澄明。

远远望去，宽阔的月光里就我一人。

躺在月光里，所有的世界都是我的。

展开身体，把自己铺在薄薄的月光里。我的刀剑已经在月光里融化，我的号叫已经在月光里消失，剩下的全是我的寂静。或许寂静也叫月光融化，我只剩下空空的身体。

这个夜晚的月光、树林、山坡、小路，山下的庄稼地以及远处的城市……都融在月光里，都沐浴在夜的甘露里，一切都是那么凝重和肃穆。我屏住呼吸，应和着宇宙的和谐和次序。

我仰躺在月光里，我眼前就像放置了一部巨大的放映机，把我生前月光一遍遍放映出来。儿时追月，绕过那一棵棵的树，爬过那一个个山坡，我们追到哪里，月亮就跑到哪里。我们跑，月亮也跑，我们走，月亮也走。我们跑过树林，月亮就停在我们前面的树梢上。我们跑过山坡，月亮就歇在我们前面的山坡上。脚下的小路几次将我绊倒，仰头一望，月亮就挂在前面树梢上对我笑。我爬起来，月亮晃动了一下，我继续跑动，一条田埂一条田埂地跑。身后是薄薄的月光，身前是领我跑动的月亮。在那条小路上，我一次次练习追赶，又一次次后退。月出林梢的时候，我一次次抬腿跑动，又一次次慌了手脚地往回跑。现在，月光已经激不起我追赶月亮的激情，只有躺在月光里那一点点的舒坦和暖意了。

有一次，我在月光里拉翻了一架子车的麦子。家里有一块麦田在很远的平坝里，麦子黄了，母亲在田里收割，我负责往家里运送。我码满一架子车，就拉一架子车麦子回去。月亮升起来的时候，母亲还没有收工，我还要一趟又一趟往回拉。月光下镰刀翻飞，我的汗水渗透了衣衫。偶尔，一只夜鸟扇动翅膀从月光里穿过，放大的身影清晰地映在月光里，就像一幅轮廓分明的剪纸画。我拉着一架子车麦子走在月光的小路上，新麦的气息弥漫在空气里。露水已经上来了，我拉着一车麦子艰难地在山道上前行，腹中饥肠辘辘。在爬一段山坡的时候，我可能是已经筋疲力尽了，架子车的扶手从我手里滑落，刚到山坡的架子车突突突往回退，我跟着架子车退到了平地。一架子车的麦子砸在了地上，我恼火地坐在地上，看着架子车翘在月光下，看着散了一地的麦子。母亲在麦地里看见了，急切地喊着我的名字，我赌气没有答应。我一动不动地坐在月光里，满脸的泪水，满脸的汗水。母亲

跑过来，见我坐在地上，长长出了一口气："我还以为把你整倒了呢？"母亲拉我起来，拍了拍我的肩膀说："长大了！长大了哦。"母亲帮我重新码好麦子，她在前面拉，我在后面推。夜已经很深了，月亮印在我头顶的天空。

　　这些平常事在月光里清晰起来，像今夜月光一样，照着我，使我从往事中突然惊醒。有谁知道，我那一架子车的月光像一辆疾驰的小轿车一样载着我，穿过黑夜，奔向了一个又一个澄明的清晨。只有我知道，那一架子车的月光，就像一个月光宝盒一

样，盛着我的昨夜和今夜。

　　有一次，在淡淡的月光里我写过一封情书。那天夜里，乡村的夜晚格外清静，蛐蛐在月光下鸣叫，庄稼拔节的声音在月光下响起。小河静静地流淌，水面映着银色月光。那些垂沉在天边的繁星，像是落在我手上闪耀的珠宝。借着柔软的月光，借着闪烁的星光，也许我会点亮心房，我会欣喜和恐惧地走到一个女孩的窗前，声音低低，低得可以两心碰撞，撞开一扇窗户，像月光一样翻身闯入她的闺房。不妨说，那夜要是没有月光，我不会那么激动，我不会那么可爱。激动地跑进月光，可爱地要去月光下写一封情书。月光里的庄稼地，安静的月光里，我忽然看见那个女孩的身影，她在月光下张望。到了月光里，一切都是那么妩媚。月光下的禾草，禾草上的露水。月光下的气息，气息里的光芒。我迅速躲进一个草垛里，生怕月光照见我。那些月光贼亮，它能窥视到我的心里。我的心开始加速度跳动，我还涨红了脸。草垛的气息让我平息了一下，我抚了抚跳动的心房。借着月光，我写得飞快，那夜的月光写进去了，那夜的气息写进去了，那夜的露水写进去了。那一定是一封情感充沛的书信。要是那个女孩知道那夜的月光，她一定会沉醉，她一定会要了那夜的月光。可惜，我没有把那封融入月光的情书送给她，我送给了大地，送给了那一夜我一个人的月光。但是我知道："在我们充满阳光的世界里，我只要花园中的长椅和长椅上那阳光中的猫……我将坐在那儿，我的怀里有一封信，一封唯一的短信。那是我的梦……"（[芬兰]伊迪特·索德格朗《一种希望》）

　　月光让我度过了一个亲密的夜晚。月光知道，那夜月光会伴我一直到老。

　　还有一次，我走进夏夜凉风吹拂的月光里，我一下子醉了下去，就像醉酒一样醉在了月光里。几年前写情书的那个气息也弥漫过来，覆盖了我。月光下，一个姑娘用灼热的目光凝视着我，我被那双眼睛吸引住了。我们在小县城的环城小路上，踩着月光，漫无边际地走。走了好久，没有谁能知道。是的，那夜月光如梦如幻，我看见姑娘白皙的脸颊上微微冒着汗水。没有理由，只有月光，不需要理由，那个姑娘成了我的妻子。

　　淡淡的月光照耀，亿万年的眸子注视。我在月光里凝神细听，我在注视里漂泊远行。

　　在今夜月光里，回想昨夜月。昨夜月光照今夜，今夜明月夜，我在月光下仰读。我有两轮明月，一个是我今生今世的母亲，另一个是我今生今世的爱人。

想起炊烟

有谁知道我在城市里一遍又一遍地念想山村的炊烟?

没有人知道。炊烟更不知道,我在想它。

我在乡下度过的那些日子,每天都能看到炊烟从我家的瓦房升起,它细密地编织我的生活以及我的呼吸。这些炊烟和那些陈年往事总会在不经意的时候,轻柔地飘进我的梦里,纯净地覆盖在我的心上。

在我小的时候,我望着屋顶上的炊烟,我在心里说,那是爷爷的大烟锅,一锅一锅地抽,看把乡村醉得一晃一晃的。那些牛在炊烟中摇着牛铃归圈了,那些乡亲在夕阳染红的炊烟中收工了。炊烟，乡村的一个信号，回家的信号，到家的信号。就像女人和男人对话，女人说，我到家了，饭做好了！男人说，我就回来了！日子在炊烟中打开。

在这样春雨缥缈的下午，窗前独坐，我忽然就想起了那袅袅炊烟，我不知道它是不是还和昔日一样安静。这一刻，我突然想起那些与炊烟有关的诗词。诗人王维也是在这样的一个下午，在一望无垠的大漠里，在滚滚黄河水的边上，没有风，没有春雨，一缕孤烟直上。王维仰着头吟出了："大漠孤烟直，长河落日圆。"（《使至塞上》）大漠无边，长天空阔，一缕孤烟直上，黄河如带，映衬西天残红，塞外风光雄奇壮观。可是，在我的窗前，没有大漠，没有黄河，只有林立的高楼，只有川流不息的车流、人流。我的窗前，没有乡村的缥缈，也没有炊烟的温暖和安宁，更没有"暖暖远人村，依依墟里烟"的那种田园风光。我以为，炊烟在我的心里升起是最隐秘的声音。回想那些炊烟在万物之上站着，几缕炊烟一前一后站着，就像村人接受神灵一样虔诚。回想起这些，我的心里就有无数感叹：炊烟呢，炊烟哪去了？我也想知道，乡村在这个时候，会不会把我也当成它的一缕炊烟，让我那么虔诚地站在乡村万物之上。事实上，我躺在乡村炊烟温暖的气息里，我会很安静，我能够听得到炊烟升起的隐秘的声音。我也知道，今夜，袅袅炊烟，有可能就能从远方的乡村弥漫过来，进入我的梦中，在我的梦中静静地站立成一缕孤烟。

试想，村庄没有炊烟是怎样一番景象。在乡村看见夕阳，看见炊烟，就像看见久违的亲人。看到一丝一缕炊烟升起的动人生活图景，我会不由自主地祈祷：炊烟升起来吧！

炊烟升起来，爱情甜蜜起来。我听真切了，那些歌词里些许

的甜蜜。王洛宾的《黄昏里的炊烟》："遥远的美丽的帐房围绕着炊烟，马蹄格格地踏着石子高兴地向前，哈依啦啦依路亚。黄昏的美丽的太阳挂在了天边，今天夜晚你将要找到我们的同伴，哈依啦啦依路亚。饥饿的美丽的羊羔追逐着母羊，小孩喊着那油饼麦茶烤肉鲜奶，哈依啦啦依路亚。疲倦的高兴的老马望着那炊烟，炊烟底下一片广大无边的草滩，哈依啦啦依路亚。"王洛宾一定看见了帐房旁的炊烟，看见了帐房里美丽的姑娘，看见了一大片草滩在夕阳里闪光。他站在帐房旁，就像如今我站在村口，久久地张望。那些绕树缠绵、围屋缥缈的炊烟，一定隐藏着庄稼地里的气象，一定闪耀着庄稼地里的目光，一定激起着庄稼地里的声音。在那些气象里，在那些目光里，在那些声音里，我会听见父母深深地叮咛。

　　村庄的美丽，离不开袅袅炊烟。如果没有炊烟，那些美丽歌词就无法唱了："归鸦点点，轻轻几缕炊烟，夕阳满稻田，旧梦又似是几缕炊烟，又怕已飘远，望见炊烟。想起夕照里相见，愿见当初的她今天不变。别后梦回，炊烟满天，再见旧人，痴爱尽献，我要与你风中抱拥，我要与你风中诉愿。"一首凄丽的歌词，把人带回稻花满天飞，炊烟四起的村庄。炊烟不再了，歌声还在。

　　炊烟美丽，爱情美丽。邓丽君演唱的《又见炊烟》一定听过，那优美的旋律，拨人心弦："又见炊烟升起，暮色罩大地，想问阵阵炊烟，你要去哪里？夕阳有诗情，黄昏有画意。诗情画意虽然美丽，我心中只有你。"炊烟是村庄的眼睛，让我借用这一双蒙眬的眼睛，重新阅读一回村庄。炊烟很少出现在画里，那种缥缈和袅袅很难用画笔勾勒。它属于村庄。真想和炊烟有一个约定，

懒洋洋躺在夕照里，看炊烟升起，听那些美丽的歌唱，感受土地温润的气息，那会是怎样一种享受？就那么久久地躺着，看炊烟高高站在房顶上，纯青冈木的颜色，纯青铁的颜色，叫人有许多的思绪轻扬。没错，炊烟的眼睛，就在我的天空闪亮。我更愿意相信，这首《又见炊烟》的歌词，是在村口的夕阳里写成的。小伙子回到村庄，见到了袅袅炊烟，却没有见到心中的爱人，他很惆怅，远看暮色笼罩了大地，心爱的人还没有出现，他眼含泪水写成了《又见炊烟》，从那天下午一直唱到今天。他的惆怅，就是我的惆怅。他的飘逸，就是我的飘逸。可是，如今村庄的炊烟也没有了，不知道那个小伙子还会有好多感伤吗？他会像我一样

站在村口一脸茫然吗？

方文山的歌词《青花瓷》把我带到了袅袅炊烟里："天青色等烟雨，而我在等你。炊烟袅袅升起，隔江千万里。"是借写青花瓷，却写了一段美丽情缘。那女子像烟雨一样缥缈，更像青花瓷一样自顾自美丽，眼带笑意。我在想，也许爱情常常发生在袅袅炊烟里，那些美丽有些朦胧，那些飘逸有些含蓄。村庄的那些男女一定是在炊烟袅袅里约会，他们在炊烟里私订终身。他们离开的时候，一定是趁乌云遮着月亮，一定是趁那袅袅烟雨升起。他们说好了，明天炊烟升起的时候，还在这个地方约会、等待。对了，正是那些朦胧，正是那些缥缈，他们才彼此在袅袅炊烟中等待，在袅袅炊烟中一次次地相互辨认。盈盈一水间，隔江千万里。爱情就是炊烟的味道，虽然缥缈，却让人感到无限温暖。

走进村里，如果有炊烟升起的话，就让人感到是一种问候和欢迎。想起那些炊烟萦绕的人家，我就无限安静，如果还能听懂那些炊烟飘摇的心语的话，我一定会非常幸福。

可炊烟在哪里？我只有一遍又一遍在心里想它！

土路，土路

市郊的一条土路去过没有？我带你去。

那条土路，可以踩满脚的泥泞，可以将你心疼的红色高跟鞋弄得面目全非。土路一定是叫你的高跟鞋踩痛了，眼泪都笑出来了。你要是在土路上滑倒了，土路一定记住你的身高，一定记住你的腰围。土路跑过狗的脚步，印着小鸟的爪子，跑过风的身影，现在又有你的样子了。土路这个家伙，高兴也好，悲伤也好，都不动声色。土路有时候停在一棵树下，有时候停在一户人家的院坝里。不管停在哪里，哪都不是它的终点。往前面走一小步，也许一条土路隐隐约约就蜿蜒在那些树丛里，或者庄稼地里。走不走这条土路，就看你自己了。

也许，你在土路上会遇见一只狗。那种大摇大摆的狗，你走你的，它走它的，它绝对不会打乱你走路的脚步。你真要惹它，它最多看你几眼，自顾走了，看你这个不懂事的家伙在那里自讨没趣。也许，你是手里拿着一支木棒。那支木棒忧伤地从你手里滑落，躺在土路边，成了你下次的一个提示。也许，你是拿着一块石头，那块石头没有投向那一只狗，好像"砰"一声落在自己心里。心里憋着一块石头，肯定不好受。狗已经走远，你还拿着石头或者木棒站在那里发呆。也许你会明白过来：人，有时候真

130

是自作聪明。

　　土路跑过一阵风扯了你的衣衫。土路的风，很柔软；风的手，很温柔。风的手撩起你的长发，它一定知道你长发飘飘的样子；风的手拂过你的面颊，它一定感受得到你的笑容和眼泪；风的手丈量过你的身体，它一定给你剪裁了一件缥缈的衣裳；风的手一定吻过你的嘴唇，它一定知道你要说的心里话。你站在土路的风里，可以是一棵树，可以是一

株草，也可以是一丛艳丽的花。土路上的风有时生气，吹走你的花手绢，它挂在树梢或者灌木丛里，多像五彩缤纷跳动的一只只手指，在风中拨响大地这架天大地大的琴弦。你站在土路上，和着这节拍，唱吧，王菲的《传奇》，还是周杰伦的《青花瓷》都是可以的，这些歌都可以在土路上打滚，都可以在风中飞得很远很远。

　　土路走过一群蚂蚁，它们要到对面青冈林里去。要是可以，请你不要打扰它们，静静望着它们，为它们的出行让路和敬礼。一群蚂蚁在你的注目下，举着粮食，拿着武器，向对面的王国进军。想一想，这么多表情一致、服饰一致、行动一致、信仰一致的小家伙，在这个庞大的宇宙里风尘仆仆地远征历险，辛辛苦苦

建家立业，它们是怎样一个严密的团队？为它们注目敬礼，为它们让路远行，这是你最高贵最神圣的礼仪。要是你急着赶路，也请注意脚下这群蚂蚁，不要踩着它们中的任何一位，不要扰乱了它们的阵形。要是你有心，你可以捉一只小蚂蚁在掌心里，看它在掌心摆动触角，看它惊慌失措的样子。记住不要再像小时候那样斩断它们的细腰，残忍地看着它们在阳光下死去。还是把它们放回那统一的群体吧，土路才是它的疆场。

也许一条花蛇从土路的草丛钻出来，在土路上扬着脑袋望着你。你不要大呼小叫，你不要跑掉你的红色高跟鞋。你静静停在土路旁，看花蛇那诡异的纹饰，看它那身袍服多么光艳。你的花裙子绝对没有那么诡异的纹路。花蛇扬着头，它的眼睛纯黑，水晶般剔透。嘿嘿，你的花裙子它看得一清二楚。它摆动身子，向你炫耀一下它身上的花裙子。穿过草滩，草丛的花瓣在抖落。阳光砸在草丛里，花蛇游动的身子闪着太阳的光芒。这时候，你或许会记起一首《蛇舞》的歌词："……蜿蜒像一袭不带感情的纱袍，而你穿上后转身为我舞蹈，为寂寥的大地舞一场惊叹号！……堆积了几个世纪的尘嚣，在羊皮卷角古老的明了，谁都逃不掉天平上的烦恼，你微微的笑赤足又扭腰，朝着命运凿出一道美艳的符号？"对了，土路上的花蛇一直在笑，你不必那么惊慌害怕。自然界是个庞大的舞台，哪怕是在那窄窄弯弯的土路上。笑也表演，哭也表演。

土路两旁是庄稼地，你看见了，那些苞谷已经抽红缨子了。夕阳里，你从土路进到苞谷林，坐下来，看那些斑斑点点的夕阳落在身上，照在脸上。聆听夕阳下山的光阴，耳边滑过风的私语。微风吹动宁静的苞谷叶，沙沙沙的声音像是天外来音。看着

夕阳一寸一寸从苞谷林里退去，也许这时候，一碟花生米，一壶散酒，一个人也是幸福。

在土路上望天空的那片云。一个人灵魂里渴望的东西一下子变得那么透明。脚踩土路，眼望天空，缥缈而向往的东西一下子回到地上。云起云飞，那风中的云带着你的思绪，要到哪里去并不重要，重要的是你已经回到大地，在大地的怀抱里落泪、忧伤。那是故乡的一片云，你呼唤吧，也许它会落下来，成为你头上五彩的纱巾。风吹云动，土路上的你，已经像是满载而归的游子回到故乡。

在土路上走久了，有朝一日，土路一定会和你说上一阵话。它说：记得那个坐花轿进村的姑娘吗？穿一身花衣裳，像刚刚抽穗的苞谷秧。唉，现在头发白了，背也驼了，你进村的时候，她不是挤在墙角晒太阳嘛。记得哪个哪个不，土路一个个记住的，你却记不起他们了。土路一次次把这些人送出去，迎回来，来来往往，土路都记得。想一想，你的心一下子难过起来，可是又不知道难过个啥。人就是这么莫名其妙的动物，远没有土路那么透彻和光明磊落。

土路跟你说了一阵子的话，你最后才恍然大悟：土路会说话吗？

谁又告诉你不会呢？

旅途的几朵浪花

清水萝卜

这天外出回来，我急匆匆赶到菜市场，一眼就看见红皮萝卜整齐地摆在菜市上，就买回家。手上提着萝卜就像提着黄金一样高兴，真心地高兴。想着萝卜那种淡淡的甜，那种一汪汪的水往外涌，胃就开始兴奋起来。我这平民的胃，只享受得来这种清汤寡水的东西，一吃大鱼大肉，几天就受不了。看见红皮萝卜或许胃兴奋地尖叫了一声，想着这些的时候，我幸福地笑了，提萝卜的手就夸张地摆动起来，好像那提着的是一袋子黄金。

回家，一边看中央电视台的《交换空间》栏目，一边用菜刀去红皮萝卜的皮。皮得去深一些，用来泡泡菜。去皮后，水晶一样透明的

萝卜瓤，还带一丝丝的红色。一张白里透红的少女的脸，捧在手心，叫人心颤颤的。电视栏目《交换空间》，正在把主人的眼睛蒙上去验房，我就想把房子做成少女脸的颜色，每天看着一张笑容可掬的少女的脸，那是多么幸福的事。也许有些东西也只能想想而已，包括一些幸福。

把萝卜瓤切了，放进清水，用慢火慢慢炖，几小时后起锅，清水萝卜汤就做好了。再放一些葱花在汤里，一青二白，青的葱花，白的萝卜，汤里印着我的笑容。削去的红皮，放在泡菜坛里泡一天，就可以吃了，清脆可口。

我把做好的清水萝卜汤端上桌，儿子站起来，看着能映出他头像的汤说，一碗白汤，没味儿。妻却说，你尝尝，养胃呢。我也说，味全在汤里，你尝尝。儿子尝了，摇头，没味。吃了萝卜皮泡的泡菜，儿子说，这个香脆，比白汤好。

看着儿子，我什么也没有说，也许，有一天，他也会像我一样，在那里一边看着电视，一边做清水萝卜汤。那许多的味道就会全在那汤里了。

半个苹果

半个苹果，是儿子留给他妈妈的。他妈妈旅游在外，一个月了。

儿子今年八岁，第一次在菜市场里买了一袋苹果回家。记得那天，阳光照在儿子小小的脸上，他脸上的茸毛，在阳光里舒展。一脸的汗水把脸庞映衬得更加光鲜。苹果被一个小孩子搬

动，也异常地高兴，涨红着脸，与儿子一起使劲，生怕累坏了儿子的筋骨。儿子抱着那些苹果进门了，阳光也挤进门来，照亮了整个客厅，我仿佛听见那些苹果和儿子一起说了一句："终于到家了。"

还没有坐下来休息，儿子就说："这些苹果可要给妈妈留一个。"他的话与那些挤进门的阳光一起在房间里上下跳动，最后落在那些涨红脸的苹果上。

接连几天，我们房间里充满了那些芳香苹果的味道，一丝丝的甜，一缕缕的香，苹果被我们吃得只剩一个了。生活总是这样，该记住的，忘了；不该记住的，死死记着。那天下午，儿子还没有回家，我把最后一个苹果皮削了，吃得只剩半个了，才突然记起儿子站在客厅，满脸汗水说的那句话，那些苹果都听见的"可要给妈妈留一个苹果"。我把那半个苹果慢慢放在果盘里，等儿子回来。

儿子背着书包回到家，看见剩在果盘里的半个苹果，急切地说："只剩半个了，我说的给妈妈留一个呀？"说完，儿子默默把那半个苹果切了，放在榨汁机里榨成了苹果汁，放进了冰箱。做完这些，儿子才说："这样才会放得久一些，削了皮的苹果，会变颜色的。"我突然觉得，儿子懂事了。这些都是儿子在他妈妈做这些事时，默默站在他妈妈旁边看会的呀。

"妈妈要等好久，才会回

来呢？那杯苹果汁都又冻了好几天了。"接连几天，儿子回家，都要问我，我说："有儿子的一杯苹果汁等着妈妈，她很快就回来了。"我在想，如果妻子知道，有儿子的一杯苹果汁等着她回家喝，那她该是归心似箭吧。

妻子回家，儿子赶快从冰箱里取出苹果汁，默默看着刚回家的妈妈喝下那杯苹果汁，儿子就问："妈妈，甜吗？"妻一脸笑容，甜透了心。

这时，我好像看到，生活中许多我们等待的人，或者东西正从时间隙缝里缓缓到来，在等待里，有人坚守，有人焦虑，有人放弃，有人惊慌失措。而生活中更多的等待，就像我和儿子这么普通得不能再普通地等待了。也许，这就是生活，不是大红大紫的，更多的是平淡生活中等待的那一丝焦虑，那一点坚守，那一丝甜蜜了。

微笑的银杏叶

这天，我正忙着赶车去旅游，在街边转弯处，一片银杏叶正躺在街沿上微笑。

那是一片普通的银杏叶，我像往常一样，正准备从它身边踩

过去。

兴许就是天意，就在我要跨过街沿的一瞬间，我从躺在街上的银杏叶上看出了它的微笑。那种深沉的，那种浅浅的，那种孤独的微笑。

好像这片银杏叶就是专门在街口等我的，等我和它说说话，那种羞涩的眼神，饱含了些许期待。

好像这片银杏叶就是专门在街口来望我的，看着我从这里走过，安慰我这个内心寂寞、孤独、劳碌、奔波的人。它风尘中的影子，告诉我它的坚守。

好像这片银杏叶就是专门在街口迎接我的，不是迎接远道而来的贵宾，也不是迎接尊贵的公主，它迎接的是一个知心朋友。我成了这片银杏叶的知己，在这个喧嚣的世界。

我没有犹豫，我礼貌地，而且是怀着尊敬，怀着感激，微笑着弓腰捡起那片银杏叶。在这个早晨的阳光下，我对着阳光看见它的脉络、表情，它的信仰。我把它贴心揣着，让它听着我的心跳，感受着我的体温。

我想把它带在身上，当我在旅途感到孤寂的时候，让它的微笑温暖着我。我想把它带在身上，当我在旅途迷失方向的时候，它能真诚地为我领路。我想把它带在身上，当我远行回家的时候，它就是我的一个伴儿。

我想，我能做的，就是把这片银杏叶捡起来，怀揣在身上，来感谢它在这个早晨对我的微笑。我要带着微笑去旅行。

去田野小径走走

穿过城市的廊桥，去田野小径走走。

走上那条田间小径，金黄的稻谷压满小径，金黄的阳光铺满小径。小径从稻田延伸到村庄和田野，我走在田间小径的时候，就开始恍惚。我记得草木的那些样子，还是瓦窑铺那些纵横交错小径上草木的样子。我不但认识那一路的草木，还惦记着山间那一群群的牛羊。那头老牛，爷爷从生产队牵回来的时候，立在我家门口的小径上，望着炊烟袅袅，望着铺在院坝里的明媚阳光，望着跑动的小鸡，老牛忧伤、寂寞的眼神闪动了一下。那闪动的眼神尽管被阳光从浓稠的树叶里筛下来，但还是落在了我的心上和阳光里。我相信，老牛是喜欢这个家的。那年月，爷爷幸福地种着小麦、玉米、高粱，同样幸福地喂养着这头老牛。爷爷从田野小径回来，用背篓背着弥漫着中药味的青草，老牛跟在他的身后，牛铃叮当，爷爷幸福地踩着节奏。我也看到了，在这山间小径上，寂静的阳光下，老牛和爷爷构成了一幅田园风光画，包括爷爷亲手植的土槐，包括那些田野里的庄稼，包括那些飞翔在田野上空的鸟儿，都被明媚的阳光镀亮，都随着爷爷幸福的节拍伴奏。在这头忠厚的老牛身上，许多的风雨，许多的沧桑，以及千山万水都在其中涌动，那眼睛里闪烁的温柔、善意和忠厚，就像爷爷眼里的苦难和幸福一样。在那个小山村，许多的牲畜和人一样高贵和平等，乡亲们热爱牲畜，就像热爱这片土地一样。走上小径，我的心就开始激动。我想，要是在小径遇上一头牛，它肯定会嗅到我身上的气味。我也肯定会从它的眼神里读出一种亲近。

　　去落满鸟声的田野小径走走。那些麻雀叽叽喳喳叫着，在小径上跳跃着、叫喊着，或者"唰"的一声飞向树枝。它们在小径上的跳跃，像是琴弦上蹦跳的手指，或激越，或平缓。它们灰色的小身体像阳光一样柔软，似乎可以像丝绸一样拧紧或者摊开。它们黑黑的小眼睛清澈见底，像高高的天空一样干净。它们的耳朵机敏而灵动，能听到一滴露珠落在草叶上的声音。有一次，我在小径上遇到一大群麻雀，它们集中在一个大草坪上打盹，显得异常寂静，没有像往常一样跳跃和叫喊。先前我并没有发现它们，在我走过草坪的时候，它们"唰"的一声飞起，吓了我一大跳，我仰起身子，望着它们飞远的身影，我在心里喊了一声：要干什么？吓了我一大跳。它们在我的头顶盘旋，我默默地注视着它们，它们的翅膀穿过阳光，在寂寞的小径上，除了我的心跳，我只听见麻雀飞翔的翅膀剪裁阳光的声音。当它们飞出好远的时候，我都能看到它们穿过阳光的身影。记得一个诗人写过一首《鸟叫》："下山，仍不见雨，/三粒苦松子，/沿着路标一直滚到我的脚前，/伸手抓起，/竟是一把鸟声。"我伸出手，想要抓住那些厚重或轻盈的鸟叫，因为，我寂寞的内心需要一声声的鸟鸣来唤醒、来鼓荡，我希望那些麻雀在飞过天空的时候，美丽的羽翼也能从我的心空划过。

　　去落满雪的小径走走。那白茫茫的世界就我一个人，任那雪温柔地落在肩上、沾在睫毛上、贴在鼻梁上。甚至可以张大嘴巴，让那雪飘进嘴里。静静地立在小径上。一朵，一朵，在心里默默地数着飘舞的雪花，就像数窗前那刚刚盛开的一朵两朵茶花。在瓦窑铺乡村，下雪天是要宰羊的。羊血在洁白的雪地上画了一大朵梅花，主人开始剥羊皮，那血淋淋的一张羊皮被钉在土

墙上的时候，炊烟已经升起，乡村的柴火味，温暖、绵长、干净。羊圈里的羊们盯着土墙上的羊皮，惊恐地叫喊着，它们把空寂的雪天，震得一颤一颤的。乡亲们端着大碗羊肉，吃得满身燥热。羊圈里的羊们低着头，从圈外飘进的雪花落在它们的耳朵上。我站在小径上，仿佛看见一群羊正向我走来，羊望着我，像望着老朋友一样。在我要碰到羊那似曾相识与非相识之间的眼神时，我才稚嫩地发现，原来羊的眼睛是美丽的双眼皮。羊的眼睛泛动，透明的雪晃动，我的眼睛开始湿润，一点点的泪花流出来，我仿佛突然看见亲人、朋友、恋人，泪水默默地流。雪的透明，让我洗净双手，虔诚地捧起那白茫茫的雪，就

像捧着金子一样闪光。雪的透明，惊得鸟儿钻进树丛里，不敢高声唱歌，小心翼翼试探性地叫喊一两声，发出低低的疑问："天咋这么亮堂？"雪，在我毫无准备的时候，闪电般侵袭到了我的内心，迅速布满了山川大地。雪地上布满了40码、35码、20码的一双双脚印，我相信，那是幸福的一家子，在雪地小径上寻找那昨夜遗失的星星。

小径上的风是有颜色的，五颜六色的。小径上那些婀娜多姿的垂柳，没有风的话，就找不到万千的柔情。小径上那些挺拔的树，没有风的话，就显示不出伟岸的身躯。还有小径上那些多彩的花、一对对的飞鸟、淅沥的小雨、轰隆隆的雷声，都是在风中绽放，在风中编织，在风中擦亮，在风中歌唱。小径上的风是一件宽大的风衣，温暖如春。风衣披在大地上，风吹开冰层，"咔嚓"一声，冰层里蹦出几声雷声，春天来了，大地解冻了。风衣穿在一棵果树上，风陪着果树说着话，每天测量一下体温。

果树一觉醒来，风才悄悄收起风衣，呼啸着走了。风把大地裹在怀里，大地轻盈飘动起来。风摇落的树叶，一夜之间发出新的枝叶。小径上的风是一把极具风度的剪刀，锋利无比。"二月春风似剪刀"，春风剪裁出鲜艳的花花草草，给大地换上了新装。秋风来了，剪裁出的纱巾系在了脖颈，剪裁出的一首首小诗，装进了衣袋。冬天的风就像一把把小刀子，不是钢刀，而是一把把软刀子，悄悄钻进你的衣领，在你的皮肤上游走，"嗖嗖嗖"，割你的肉。小径的风是有颜色的，是撬开那第一锹土的颜色，褐里透红，黄褐色的泥土，黄褐色的皮肤；是那只咬开的苹果的颜色，洁白晶莹，水晶一样的心；是摘下那一颗颗玉米的颜色，黄里透绿，金黄色的玉米棒子，青绿色的外衣；是摘下的那一颗颗樱桃的颜色，透着玛瑙样的光彩；是采来的那一株株玫瑰的颜色，红里透着紫；是那柴灶上喷吐的火焰的颜色，一会儿红，一会儿蓝。我还想到了许多颜色，都跟风有关。当然，小径上的风也是

有声音的，是那冰层破裂的声音，"咔嚓"的一声动了一下，然后才是山崩地裂的声音；是那花开的声音，"沙沙"一声，花开了；是那修剪花草的声音，"咔嚓，咔嚓"，声音干脆；是那溪水跳下悬崖的声音，"哗哗啦啦"冲下悬崖绝壁；是那婴儿的第一声啼哭，"哇哇哇"坠地了；是那撕布的声音，"哧哧哧"撕开了；是那随处可见的笑声，"哈哈哈"笑开了；是那呜呜咽咽的哭声，在心里打转，很低很低。风把许多声音汇到一起，组成了风的乐队，吹吹打打，翻山越岭而来。

小径上走着一个寂寞孤独的少年，眺望着远方，远方的山峰，远方的夕阳，远方的牛羊，开始擦亮少年的眼睛。一位乡野男孩，我有太多的时间，在小径上折磨阳光和泥土，太多的野性和粗俗，折磨着这里的庄稼和牲口。那时，我舞动着鞭子，鞭打身边的石头，鞭打身边的庄稼，鞭打身边的牲口。当我再次走上小径的时候，乡村已经用它的淳朴原谅了我的野性和粗俗。一位乡野男孩，我有太多时间遐想，幻想女友在烈日与我牵手走一条又一条的小径，幻想她的遮阳伞在田间像一朵游走的彩云照在我的头顶，沉静的我们，走在广阔的阳光里。一位乡野男孩，我有太多的时间闲逛，在小径上随手折断花草，让那些零乱的花草和我空落的心境铺在小径上。当我走出小径的时候，才深深懂得走在小径上的那一段时光是那么刻骨铭心，苦也苦过，乐也乐过，今天，回头要诉说那段时光的时候，才知道自己一直没有走出那段小径。

今天，走上这条田间小径，小径的寂寞，就像静静燃烧的灰烬，在小径延伸。我多么希望有一个女孩，能像当年女友一样撑着一把小红伞从田间小径飘来，但是没有，只有天上的几片云朵

落在田间小径上，然后寂寞地跑过。我多么希望有一头牛或羊，悠然地走在田间小径上，还是没有，只有几只飞鸟飞过小径的剪影。走在小径上，自己内心是温暖的。虽然没有羊群，没有彩云，却有羊群在身边的气息和呼吸。身体里涌现的，就像庄稼地灌浆和拔节。如何弯腰做事，如何低头不语？庄稼会告诉我们。随手抓起庄稼地里的苦荞和几粒稻穗，抓在手里握着，就像抓住一把盐的重量。

走在田间小径上，我恍然大悟：一个人的内心，其实一直在一条土路上行走。土路上的庄稼，土路上的万事万物，土路上的一草一木，都是具体和温暖的。那条土路，踏实、无言，就像父母走在土路上，一次又一次呼唤我的乳名，一次又一次眺望我回家的目光。在那条土路上，我像父母一样流过太多的汗水和泪水，我也同样有着五谷的姿势和气色。如果说，在这个世上，我还算是没有白活一场的话，那都是因为我是从一条土路上走过来的。那里有庄稼的厚实和淳朴，有精神的刚硬和血液的安宁。

现在呢，土路越来越遥远，遥远到了我几乎忘记。土路在哪里？确实，我们不再需要走那些土路了。我知道土路就在那一段段的水泥路面的下面，它们或扭曲或不安宁，都不会有人记起它们。不管那条土路上，接受过多少人的走过，水泥的浇筑留给它们的，都是一些肤浅的遮盖。我以为我每年能在某个日子，走上一条土路，去怀念另一条土路，一定是我在心里，听到了一丝丝的呻吟和呼喊。

而每一次走上土路，我都有一种想带走一些东西的强烈愿望。那一声鸡鸣，一声鸟啼，一声狗吠，我想带走；那一片云彩，一片落叶，一片炊烟，我想带走；那一丝柔风，一眼清泉，一块土疙瘩，我都想带走。我没有那么好的行囊，但我希望那些东西能在我的血液里，永远地流淌。有时我在想，我性格里的那些粗糙和崇高，或许都与我从一条土路走过来有关。

草是风中的旗帜

　　草。那铺着阳光的草的气息一直弥漫着、包围着、陶醉着我。
　　草落民间。一群群的牛，一只只的羊，一匹匹的马赶往草地，黄的牛，白的羊，红的马撒落在草地上，那是多么美妙的景致，有歌声传来，在铺满阳光和牛羊的草地上流淌。有牛哞哞地叫，有羊咩咩地叫，与草的气息一起飘进我的眼里、耳里、胃里，最后我在这种气息里快要窒息了，柔曼地飘着，绵绵地醉了。这些牲畜像进入了一大片豌豆地一样，尽情地吃着那些青豌豆角，吃得满口都是一点点的青草味道和一丝丝的甘甜。这个时候，青豌豆花还没有凋谢完，青紫青紫地开着，青豌豆角鼓着眼睛，瞧着我，我也眯着眼睛望着它。牛吃饱了草，就闭目望着草

地，我就想，牛也是在呼吸那种气息。牛羊马不需要其他饲料，只要有草它们就能很好地生长。我就想，草是怎样的一种粮食，叫牛羊马牲畜们有那样的身体？是土地、阳光和空气赋予的吗，当然，还有草的气息。

草的另一种气息来自草药。夏天，乡村的草药先生背一个歪屁股背篓，手里拿一个小尖锄，就去那深山老林挖药。夕阳西下的时候，草药先生背着一背篓草药回来了。他把那些草药放在柴堆上、院坝里，有风寒草、青蛙草、肺筋草、云雾草、车前草、鸡

血藤、猪腰藤……第二天的太阳出来晒，乡村笼罩在那种百草交融的气息里。草药先生是那种清癯的瘦，在气息里游走，翻晒着草药。然后把那些晒干的草药分别装进布袋里，写上草药的名字，就摆在他的药柜上。等药柜的草药剩得不多了，就把布袋里的捡些到药柜里。我第一次去草药先生那里看病，浓烈的草药味道扑来，让我一个激灵，我浑身打了个战。把过脉，草药先生就在一张草纸上开药，字写得龙飞凤舞，像极了那些在太阳底下晒着的草药。草药包在一大张草纸里，有草药的茎扎破了草纸，气息悠悠飘来，我的头有些眩晕。那时，我就想，这草药也是以一种气息来治病的吧。哪些草混在一起的气息可以用来驱赶疾病，该是怎样一门神秘莫测的学问？后来，我知道草药主要是调气，我就更信这草药是一种气息了。还有一种草药先生，是把那些刚采来的四五种草药放到嘴里嚼

碎，或者干脆就到房前屋后边采边在嘴里嚼碎，然后不干不稀地吐在一张叶片上，敷在脓疮上，这样敷两三天脓疮竟神奇地好了。我跟在草药先生后面，采了一种草在嘴里嚼，微酸、木绵，我使劲吐出来，可那种味道还是进了我的身体，牙齿也染成了青绿色。我知道这草药先生不是每一个人都可以做的。草，成为一种药的时候，万物之气穿透了人的身体。

草的气息进入身体是五月初五这天。乡村端午节都要采艾草来祭奠一个人。乡村的人们都知道这个人叫屈原，是投江而死的，因此，这一天还要到河里捕鱼。把艾草一把把地采来挂在门扉上，年年采，年年挂。乡村把五月初五当成一个节日来过，大人娃儿都往回采艾草，喝着艾草炮制的白酒，吃着从河里捕来的鱼。这时的乡村弥漫在艾草的清香里和鱼的腥味里。艾草干透了，就取下来放在木桶里，用滚烫的开水浸泡，水呈褐色的时候，母亲就让我们几兄弟把身体泡进去，说是去身上的瘙痒，洗身上不洁的东西。从艾草水里出来，身上是艾草的味道，人好像是在一种气息里飘着。乡村知道屈原选择河水是为了洁身，因而，今天，乡村选择艾草是为了把自己梳洗得干干净净，好与这气息融会贯通。

雪是温暖的呼喊

　　几年不下雪了，今年年尾却落起了雪，白茫茫一片。世界突然寂然了，汽车在街道上爬行，司机都放弃了鸣喇叭，享受着这雪的静寂和安逸。世界也突然格外亮堂起来，天是白的，地是白的，空气也是白的，一朵朵洁白的雪花飘到了人们的脖颈里，一朵朵洁白的雪花飘到了高高低低的房子上，落在了草地上、街道上。顷刻之间，城市白了，亮了。

雪。无数人喊出了声。他们走出门，牵着小女儿，赶往飘雪的草地，一任那雪温柔地落在肩上、沾在睫毛上、贴在鼻梁上。还有几个小孩张大了嘴巴，让那雪飘进了嘴里。人们都穿着艳艳的衣服出来，粉红的、大红的、天蓝的、米黄的……把雪映得欢欣鼓舞。

雪。无数人静静地立在窗前。一朵，一朵，在心里默默地数着，就像数窗前那刚刚盛开的一两朵茶花。草地盖上了白白的被子，树上结上了一层层的白果子，停下的汽车披上了一件件洁白的风衣，路灯也戴上了一顶顶的白帽子。哈，雪人也堆起来了，挺着大肚子立在雪地里。

雪。落在我居住的这个城市时，父亲在离我千里的村里宰羊。他说，村里的雪下得真大，宰只羊暖暖身子。他说，这只羊肥，血旺，肉嫩，那个香啊飘出好远好远。他说，儿子，你闻到那香了吗？在电话这头，我确实嗅到了乡村的柴火味，温暖、绵长、干净。父亲呱巴呱巴嘴，说，儿子，过年回来，我宰只羊。放下电话，我仿佛看见父亲牵着一只羊来到我的面前，羊的耳朵上还有一朵雪花，父亲身上全是白茫茫的雪。羊望着我，像望着老朋友一样；父亲望着我，咧着大嘴站在那里傻笑。我也笑了，在这个城市的角落，我望着满天飞舞的雪花，想象着千里之外雪地里父亲忙着宰羊的身影。羊的血染红了一大块雪地。

雪。几年前落在我出生的那个小山村，父亲宰了一只羊，辗转几趟车把羊肉背到了我居住的城里。我正好出差在外，父亲只好把羊肉放在门卫那里。门卫见到我说："那天大雪天，一个老乡千叮咛万嘱托一定要把这羊肉转给你，说是你的老乡，还给你留了个纸条。"老乡？我有些纳闷，我接过沉甸甸的羊肉，展开

一张草纸，一见那歪歪扭扭的几个字："冬至，吃羊肉。老乡。"
我一眼就认出了那是父亲的字。我的鼻子发酸，提着羊肉逃跑似
的离开了门卫，连声道谢也没有说。父亲是农民，是怕人家城里
人说我是一个农民的儿子，伤了我的脸面啊！一丝丝的冷侵入我
心里。这雪飘得越来越大了。

雪。就是这种雪的透明，让我又一次嗅到了羊肉的香味，这
些香味、这些气息使得我红光满面。就是这种雪的透明，晃得人
的眼睛有了泪花，就像突然见了面的亲人、朋友、恋人，泪水默
默地流。这种雪的透明，让许多人洗净双手，虔诚地捧起那白茫
茫的雪，就像捧着金子一样闪光。这种雪的透明，惊得鸟儿钻进
树丛里，不敢高声唱歌，小心翼翼试探性地叫喊一两声，发出低

低的疑问："天咋这么亮堂？"雪，让我们毫无准备，闪电般侵袭到了我们内心，迅速布满了山川大地。

雪。没有锋芒毕露的样子。落在蜡梅上，那蜡梅就鼓起小小的苞蕾，发育开了花。飘到沟壑里，小溪水涨了，滴答，滴答。盖在庄稼地里，植物的根茎鲜活，泛着光泽。铺在瓦房上，童话的房子盖好，七个小矮人出来跳舞了。雪覆盖了小路，一串串脚印印在雪地上，梅花样的，是狗；三角形的，是鸡……千里的雪，万里的雪，安静，善意，毫不夸张，值得信任。

雪。在一个早晨或黄昏，以至在一个夜晚飘然来到这个城市、农村，当你匆匆打开房门，就看见了漫山遍野的雪时，别忘了轻声呼唤一声：雪！雪！我的雪！

村里看花开

南瓜花向下

夏天的村庄，随处一走，就会碰上娇黄的南瓜花。

在泛绿的青草丛的小路上，南瓜花迈着小碎步，走向田野，走向那座老屋。要是蒙蒙细雨里，会隐约间看见乡村女子的背影，撑着小伞在田野里徘徊。小溪沟旁，小溪挡住了我的去路，也挡住了南瓜花的去路。正好口渴，我俯下身子喝水。趁我伏在溪水边喝水的时候，南瓜花悄悄开了。一抬头，南瓜花像是在与我说话，在风里摇曳着打手势。走上前去，重新伏下身子，一定会和南瓜花撞个满怀，一定会和南瓜花拥抱在一起。

在苞谷林里，那些随便带种的南瓜，伏在地下，一个劲开着花。青绿青绿的苞谷林里，零零星星的南瓜花，像昨夜天上撒落在地上的星星。呼吸轻一点，不要吓跑了它们；脚步轻一点，不要惊扰了它们的梦。在菜地里，南瓜永远被挤占在边边角角，无所谓，它们会蜿蜒着进入菜地的腹心地带，与那些萝卜攀亲，与那些豆角握手。这时候，南瓜花擦亮我的眼睛。南瓜花懂得寂静，懂得进入内心，也不去打扰别人。哪像我们这些人，一天牛皮哄哄的，整得到处都是肮脏的声音。

看那个喝了一点小酒的张瘸子吧。他自顾躺在娇黄的南瓜花丛里，小风温煦，他的鼾声温暖，一高一低的。南瓜花听见张瘸子甜蜜的鼾声，笑得嘴巴都合不拢了。它们掩着嘴巴轻声笑着，生怕惊醒了张老汉。张瘸子肯定

做梦了，嘴角流着口水，嘴巴微微张开，那一点一点的笑就流出来了。

我蹲在张瘸子旁边，看着这个幸福的老头儿。

突然，他翻了一下身，压着了一朵南瓜花。我听见南瓜花呻吟了一下，我啊呀叫了一声。我的这一声没有吓着张瘸子，倒是把南瓜花吓了一跳，南瓜花停止呻吟。天地又恢复了幸福的寂静。我确信张瘸子做梦了，他在梦里喊着一个人的名字。开始含混不清，我侧耳细听，听清楚了。他连续喊着："张花花，张花花——张——花花。"我笑了，笑出了声。他身旁的南瓜花也笑出了声。"扑哧"一声，把南瓜花花蕊里的一只蜜蜂，惊得跌跌撞撞飞走了。

我随手扯了一根狗尾巴草，悄悄伸到张瘸子的鼻腔旁。他的呼吸，把狗尾巴草打得一颤一颤的。我再往前伸了一下，这一下，把张瘸子弄醒了。他一骨碌坐起来，吓了我一跳。南瓜花包

围着他，南瓜花惊诧地看着他。我惊诧地看着他。显然，他还没有走出那个温柔而芬芳的梦，他还停留在幸福的喊叫中。

"醒了？"我问。

"睡了好久哦？"他还沉浸在梦里。

"你喊的张花花是哪个？"我继续问。

他惊讶地望着我，脸红到了脖子根。他望着身旁的南瓜花，一脸的不知所措，他用双手一遍又一遍地抹着脸。他的脸在一遍又一遍的揉搓中，变得更加红润了。

我望着他，等着他的回答。

看，看，南瓜花在向下，天气要变了。我定睛一看，他身旁的南瓜花在一点一点地下垂。像是一个个羞愧的女孩，红着脸一点一点埋着自己的小脑袋。我惊讶起来，先前还一个个仰着头笑着，听见我和张瘸子的对话，就一个个低着头了。怪了。我用手去摸那一朵南瓜花，刚触到它的身子，它就像痉挛了一下，一下子低下了头。

"啥意思？"我问张瘸子。

"南瓜花花儿向下，要变天了。"这次张瘸子回答我了。

竟是这么神奇。这些植物可以预知未来的天气，我们人咋就没有一点感觉？希望那些南瓜花像张瘸子一样懂得脸红，懂得一点点的羞愧。和这些植物在一起，人会变得越来越聪慧、善良、谨慎。这些植物懂得向下，是最好的姿势，是村庄惯有的姿势。

看着张瘸子起身，一瘸一拐地走在南瓜花开放的小路上，我在想，他一定做了一个美好而甜蜜的梦。尽管那些梦遗落在南瓜花丛里，但我相信，那些南瓜花一定会为他好好珍藏。尽管那些梦叫我搅得七零八落，但我相信，那个梦在他心里一直是完整的。

　　那天，我回到家。我一边想着张瘸子的梦话，一边想着神奇的南瓜花。一大片的南瓜花，娇黄娇黄地铺满了我的天空。于是，我提笔：我睡在南瓜花丛里 / 喊你，一遍又一遍 / 泥土最软的地方是你的胸膛 / 花儿最小的地方是你的心脏 / 我一遍又一遍，喊你 / 你千万不要以为我是在 / 胡闹。

　　人就像花一样，不管天气怎么变化，其实有梦就好。

桃花开

　　桃树栽在村头老屋的田坎上。田坎上无一棵杂树，桃树也不成林，就独独的一株。从桃树下向山上走数百步，就是我家的老屋。

　　记得，这株桃树只开花，不结果。许多个黄昏，我站在桃

树下，把那些枯萎的花骨朵儿在手里拧了又拧，也拧不出一个果实来。桃树下种着一季的小麦，爷爷在浇灌小麦的时候，总是顺带给桃树浇一两瓢粪水。这时候，爷爷总要用手抚一下桃树的枝干。我看见桃树有些痒痒的，扭了扭身子。一丝风吹来，吹乱了爷爷的花白的头发。他望着桃树，摇了摇桃树，桃树颤抖了几下，爷爷喃喃地说："没亏待你啊，咋就不结果呢？"

爷爷站在桃树下，一边搓着一双粪手，一边欣赏着绿油油的麦田。爷爷马上把桃树不结果的事情忘得一干二净了。守着一大片麦田，爷爷心里很有成就感。

狗娃子家的一株桃树很争气，一到春天，就开满粉红的花。

花开过，就冒出毛茸茸的指头大的桃儿。

回到家，我走到我家桃树下，桃花正开得艳，一朵一朵。桃花笑着。我在想，我家的桃树要是能结果多好。花一谢，就冒出一枚又一枚的果实。端午节的时候，我可以纵身跳到桃树上，从绿叶间摘下一只桃子，那种红着脸的、粉嘟嘟的、摸着光滑饱满的桃子，用手抹去它上面的粉尘，边咬边学狗娃子在树下走来走去的样子。

一群燕子从远处飞回来，在我家屋檐下筑巢。叽叽喳喳地叫着，好像发现什么秘密一样。它们叫嚷着，在我家屋檐边飞上飞下。它们在屋顶上散步，把瓦片踩得沙沙响。它们一会儿飞上天空，在空中翻飞，它们的身子就像一把剪刀，把空气剪出无数的口子。它们在空中你碰一下我，我拍一下你，不断嬉闹着。

那天夜里，我做了一个梦。很奇怪的一个梦。好幽深的一个山谷，我一直在黑夜里走，跌跌撞撞的。走着走着，我看见好大一片桃林。望不到边的桃林，望不到边的花海。桃花鲜嫩美丽，落花纷纷。我走在桃花铺成的小路上，一个姑娘在桃林里若隐若现，我跑上前去，她又跑到另一片桃林里。我追啊，一个劲地追。跑过一条条田坎，跑过一片

片桃林。姑娘乌黑的长发飘飘，桃花一样粉红的脸庞，那双水灵灵的眼睛闪着迷人的光芒。好熟悉的姑娘，是同班的小芳吗？不是，小芳不是长发。那甜甜的笑声，是小翠吗？好像也不是。在一片落花里，我和姑娘躺在了一起。

一个少年的桃花梦。

那一年，我家桃树密密地结了一树的果子，乐坏了我。

今天，那些桃树只能时常复活在我的睡梦中了。只是不知道，我老了，那田坎上的桃树是不是也该老了。春天又要来了，它在开花，还在结果吗？

"桃之夭夭，灼灼其华。之子于归，宜其室家。"（《周南·桃夭》）记住乡间那株桃树吧，桃花盛开，一个下种的季节。

车前有草

车前有路，你肯定是知道。

但是车前有草，你也许并不清楚。

一株草叫车前草，她停在我们上山的毛毛路上，她停在我们跑汽车跑拖拉机的乡村公路上。这株草的名字不一定记住，但她停下来等待的样子一定不要忘了。她停在我们牵牛、割草、担水、下田、采药的土路上，她在等谁？假如你是一个热心肠的人，有时间蹲在她的身旁，听听她的衷肠的话，她一定会畅快地向你讲述。她知道给人讲述是多么重要，人的嘴巴就是用来讲述的。在我的印象里，这些草都是乡村的一员。要是没有草的话，爷爷种的庄稼一定没有多少意义。爷爷走到庄稼地里的时候，他不耕地，也不除草，他只在冬耕里转悠。嘴里叼着一个旱烟锅子转悠。这里转一下，那里转一下。或者坐在冬耕地里，美美抽上一锅旱烟。坐着坐着，他站起来，就随手用一把铁锹在地里铲上几铲子。他一铲，那些冒芽的草露出头。哦，树长叶了，草冒芽了，春天了。一切都不能阻拦，什么阻力也阻挠不了春天行进的脚步。这时候的车前草，一定也在路上，一定走在等你的路上。她没有特意等在哪个路口，她像一阵风丢过去的种子，在小路上、在小河边、在你回路的路口，就那么随意地等着。她知道你终有一天会回来。不管你走多远，回村的路一直在等待，车前草一直在等待。她普通得很，你走多远回来，村庄的路口一定有她在等你。呀，原来车前草，就是游子回村的念想。

看见那些鸟了吗？那些麻雀，在车前草<u>丛</u>里跳跃。它们在干什么？一跳一跳，在大地这个琴弦上滑动。它们比村口的那口井还要纯真，它们是我儿时的最友好的陪伴。人一遇到纯真，就想拥有。人一遇到无邪的同伴，总是想要伤害。哦，它们在啄食车前草籽儿，它们啄一下那些车前草，车前草就颤抖一下。我曾在车前草遍布的草坪上捉到一只麻雀。我把一个大漏筛扣在草坪上，用一根木棒撑着漏筛，漏筛下撒上麦麸子，用一根绳子绑在木棒上，我牵着绳子的一头，远远地躲在一棵大柿子树后，等那些麻雀跳进漏筛下。麻雀很聪明，它们在漏筛四周啄食车前草籽，就是不去啄食漏筛下的麦麸子。它们一跳一叫，好像在说：陷阱，陷阱，嘿嘿，陷阱！我不着急，我在等待，我像车前草等待村庄的游子回村一样耐心。终于，那些麻雀耐不住好吃的诱惑。我们的陷阱总是针对这张嘴的，对麻雀也不例外。有一两只跳进了漏筛下，它们很警惕，在试探。我用力一拉，一只麻雀被

扣在漏筛下。接着是那只麻雀扑棱棱撞击着漏筛。没有用了，一切都晚了。我已经跑过去，把手伸到了它的胸前。我紧紧抓住麻雀，它愤怒地瞪着眼睛，使劲啄我的手指。它啄一下手指，我的心跳就加速一次。我用一条绳子绑在麻雀的腿上，拴在院子的梨树上。我给它喂水，我给它好吃的。它都不理我，还一次又一次用头撞击梨树。没几天，麻雀死了，在一个早晨，它撞击在梨树上壮烈而死。后来，我才知道，麻雀性子烈，人断然是养不活的。也许它骨子里知道，人对它们从来就没有心怀好意。

怪了，那么多的麻雀，现在走在乡村任何一条田埂上，就连麻雀的影子也看不见了。我心里的孤寂可想而知。走在高高低低的田坎上，偶尔看见一两只麻雀，好像是天外来客一样。乡村那种黑压压一路飞翔，一路压过来的麻雀阵容彻底消失了。那些车前草遍布的小路，没有麻雀跳跃，我不知道她孤不孤独？啊，这些车前草一直在，一直在小路上等你。你不知道，穿过一座座山，蹚过一条条河，前面就是等你的车前草。你知道吗？只要你从那些高架桥上走下来，只要你从那些铁路上走下来，走上那些村庄的毛毛路。不管你是穿着皮鞋，不管你身子变得多么臃肿，不管你从哪里回来，车前草一定认得你。车前草一定能跳到你的车前或者你的脚下，给你打招呼：回来了！回来了！

车前草，那从绿叶中抽出的花穗，独独的一枝花穗，绿白色。在山野上，她的花一点不惹眼，但很干净，就像乡村女子那间干净的闺房。秋天的时候，花穗就结蒴果，这时候它的心情很好，偶尔抿嘴一笑，果内细小，溜圆的种子就会一一滚出。哈哈，就像乡村在草丛里遗失的一枚枚绣花针一样，再怎么找，也是找不见的了。只有等第二年春天，新长的车前草会告诉你当年她遗落的地方。

就一个下午，你从城市的边缘进入乡村，只要走上乡村的那条路，你一定能看见她等你的样子。也许是在乡村的一块菜地里，你看见了车前草，它和那些白菜、小葱相处在一起。蹲在那车前草前，给她说几句话吧，对车前草什么都可以说。你不要怕把心里话说给她，她一定会为你保守秘密。你不要怕把心扉敞给她，她一定会为你疗伤。你不要怕只有一个早上或者下午，她一定会给你整个世界。你不要怕失去，她一定会帮你找回。你不要

怕生老病死，她一定给你减轻病痛……这么简单的一种草，遍地生长，伸手可触。

当然，今天没有像《诗经》"采采芣苢（车前草），薄言采之。采采芣苢，薄言有之"那样歌唱车前草的了，但我们可以想象：在那些春天的旷野之上，风和日丽，成群的妇女一边欢欢喜喜地采着车前草的嫩叶，一边唱着那"采采芣苢"的歌儿，那该是多么令人心旷神怡的情景。采完车前草，回家做一碗车前草汤，不加油，也不加盐，就那么一种苦苦的味儿，就那么一种涩涩的甘甜，让早春的阳光洒进汤里，让早春的晨露渗进汤里，然后，把这五彩缤纷的一碗车前草汤端给锄地的男人，那又该是多么含蓄和温暖的过程。

当然要记住当年汉将军吃车辙边的无名小草，而幸免于难的那种车前草。当然要记住那个细心车夫的发现，那些将士挣扎着从车道旁扯来那种无名小草，生嚼吞食，几天治好了"血尿病"，并杀出重围。当然要记住马武为了纪念那野草，取名的车前草。当然要记住这个车前有草的早晨或者黄昏。现在，你看见乡村的车前草，那种一簇簇的车前草，像一双双眼睛，在静静等你——

车前有草。

回家有路。

回吧，穿过城市的走廊，走上回家的毛毛路，顺手扯一把车前草回家，平静地享受着那种淡淡的气息。

一片树叶

一片树叶，一片阳光，是我全部的行囊。

一片树叶，一片阳光，是医治我病痛的最有效药方。

有一缕阳光，有一片树叶，我没有理由不生活快乐，我会把许多东西重新拿到手上，好好端详，好好把握。

看见那些五彩的阳光，那些缤纷的鸟声，从浓稠的树叶里筛下来的时候，我站在树下，两手摊开，想要握住阳光，想要抓住鸟声。

每天鸟儿会叫醒我。它是我最贴心的小闹钟，会不厌其烦地在窗前唤我，直到我把衣服穿戴整齐，梳妆好自己的头发，打开门迎接它。看见落了那一树的鸟了吗？风吹来，不觉间，鸟在叫，树叶也在叫，密匝匝的叫声，分不清哪些是鸟叫，哪些是树叶在飞。在这样的早晨，各种叫声，和花香露水弥漫在空气里，喝一口便会饱了我们的肚子。这时候，我会突然想到昨晚的那一个个梦，那一亩亩田，用它来种些桃树、李树和春风，我会拥有好多好多的鸟声。或者，有一片树叶我也知足了。那片树叶能停住无数的鸟声，能歇住无限的西去阳光。

　　我会喜欢上这样的生活，在一片树叶下生生世世生活。树叶上是我的大床，树叶下是我的庄稼。我会像小蚂蚁一样，在树叶下邀请无数的同伴去赶场。唱着歌儿，手挽着手，肩并着肩。那些生活的包袱扛在肩上，累了会有人帮我来扛。那些窝在肚里的委屈，会有人摆动触角帮我来疗伤。我回家探亲了，就从一片树叶跃到另一片，我和亲戚朋友的距离就是一个枝头到另一个枝头。或者我的呼吸，亲戚朋友都会听得到。我不会因为送什么礼物而忧愁，我的礼物也就是一片树叶，从地上捡拾起来，就可以馈赠给我的朋友。我不会惧怕那些狂风暴雨，我不会惧怕狂风卷走我茅屋的茅草，我不会惧怕暴雨会摧毁家具。我的家就是一片树叶，我的所有财富也就是一片树叶，今夜吹走，明朝我就会建起一个新家。

也许，我是生活在一片银杏树叶下的。一棵高大的银杏树，我只要一片叶子就够了。在叶子下长大，在叶子下恋爱成家。但，我要想做一回银杏树上的那些鸟是不行了。因为鸟不会沾染上铜锈气息，因为鸟不会忧愁和浮躁，因为鸟的心灵总是那么纯净和湿润，我的身体是那么笨拙，即便是有一双隐形的翅膀，有风帮助我，我也是飞不上那样的枝头了。我的心又是那么沉重，即便是有最隐秘的神来唤醒我，我也做不了那只鸟。我的呼吸是那么微弱，即便赐予我灵巧的双脚让我攀缘，我也只有仰望那个温暖的鸟窝了。我要想做一回在树叶下纳凉的那头老黄牛也不行了。那头牛犁过千万亩的庄稼地，我耕耘的土地在哪里？那头牛背负了太多的沧桑和伤痛，可它还是那么平静。那些沧桑和全部的伤痛都在它的心里，我的沧桑和全部的伤痛都写在脸上，我的伤痛永远也赶不上一头牛的伤痛。我的肤浅注定我做不成在大树下纳凉沉思的老牛。我要想做一回在树叶掩映下，溪水里游动的一尾鱼也是不行了。那尾鱼能"听静夜之钟声，唤醒梦中之梦；观澄潭之月影，窥见身外之身"。那尾鱼不管是水急水缓，它都是那么悠然自得。那尾鱼能看见浩瀚天空，能俯视万丈水底。我哪能有那么好的心灵，我哪能有那么好的眼力。我的无知和无能成就不了我做一尾鱼的梦想。还是做那片银杏叶下的一缕风吧。春天从早晨吹过来，让银杏树冒出新芽，一点一点，点亮春天的早晨。夏天从中午吹过来，给银杏树叶送来一缕凉风习习。或者在深夜子时吹来，卯时就离去，叫银杏花子时开，卯时谢，永远叫世俗的人看不见银杏树开花，只见它结果。秋天从下午吹过来，让银杏叶一夜之间就披上米黄的衣裳，让那些孩子捡拾一片片的银杏叶夹进书里，让那些银杏叶一遍又一遍地读那些字母和文字。读出声音来，和那些孩子的声音混在一起。冬天从晚上吹过来吧，让那些雪花覆盖银杏树和那些银杏叶。我能吹开花朵，能吹出温柔的声音，但我不要吹起一粒尘土，也不要吹乱这个村子百年的心事。我摇落一粒草籽，但不要摇醒村庄的美梦；我吹醒一双眼睛，但不要吹开他们的泪花。生活在一片树叶下，我不再去想那些高贵的事情。我就是做这些卑微的小事情，就行了。

一片树叶就是我的全部，我会在树叶下静静地生活，静静地睡眠和工作。我恢复身体和平静呼吸，就是这片树叶，我的幸福和不幸，都会在这片树叶下变得如此简单。

当然，在一棵树上做一回男爵也不错。像意大利作家卡尔维诺《树上的男爵》中写的男爵一样，荡着树枝去邻家姑娘那里玩，去和邻家姑娘谈恋爱。我们见面吵架，互相嘲讽，但彼此又都深爱着对方，树叶掩映，我们也会安静一阵子。我会一直生活在树上，或者一片树叶上，我会建造庞大的树上宫殿，不要金碧辉煌，不要豪华奢侈，我只要那一片片的树叶，我只要那一棵棵的大树。我也会在那些树上建造属于自己的排水工程，修建许多的道路和开垦许多的庄稼，我会生育许多的儿女，我们不实行计划生育，我们只计划好时间。我会叫成群结队的儿女蹲在树叶上晒太阳，读书。我还会饲养许多的短腿猎犬动物，让它们帮我上街买东西。树叶就是我的指挥舞台，让它们在我的树下排成长队，听我的号令和指挥。我还会搞一些发明创造，让所有的人都喜欢上树上的生活，像鸟儿一样自由，像鸟儿一样歌唱。我们会在一片树叶上拥抱，那些风不怕，我们紧紧贴在一起，风吹不散，雨滴不穿。最后，我也应该像《树上的男爵》中的主人公柯希莫

一样，抓住气球上的绳子，随着气球升入天空。我的墓碑上也刻着这几个字吧："——生活在树上——始终热爱大地——升入天空。"

星光含水

乡村，曾经的那个现场，它可还记得我。秋天的夜晚，我坐在点点滴滴的月光里，听秋天的风从山后吹起来，月光摇曳，落叶在跳跃翻飞，片片如少女翻动的信笺。月光里有石榴咧嘴，有苹果飘香，有丹桂吐芬。我坐在月光里，清静如水。我心照明月，明月知我心。

山村的寂静在秋天的这些月光里。在夜的羽翼下，其实，我可以在山村的寂静里听到许多白天听不到的声音。首先听到的

神秘声音是从树上发出来，那只猫头鹰总是在月光洒进树梢的时候叫起来，声音缥缈而幽深，简短而低沉，像是一声又一声的低唤，一下一下从月光里渗透下来，掉在月光的土坝坝里，我大气都不敢出，我感觉那声音是我背后一棵棵大树上发出来的。它在低唤谁呢？在这恍兮惚兮的月光里，月光赠送给了它一双敏锐的眼睛，可以看清今夜的影子，可以看清乡村的小路，那一条回家的小路。

一个乡村的夜晚，需要月光照耀。站在这些宁静里，我会听到一粒果实成熟的声音。也许是一个苹果，也许是一只石榴。就说那个苹果吧，它很善意地成熟在我的窗前。我会留意它那红扑扑的脸蛋，在一天早上的阳光过后上彩涂釉，就像隔壁院子里的秀儿一样，一年四季红着一个脸蛋。苹果是一个人的脸蛋的时

候，它就熟了。月光里，
整个苹果树都弯着身子，
多沉的一副扁担，一点也
不敢懈怠：一扁担的苹
果，一扁担的月光。苹果
熟了，静静地听吧，苹果
的成熟压疼了树的肩膀。
一点一点，月光覆盖，
压弯的枝头已经触到我
的嘴巴。哦，苹果好甜，
月光好甜。再说说那只石

榴吧。月光里，那棵石榴树攒了好大的劲，把一只只红的石榴举
着、维护着。它肯定是听到村庄的一句笑话了，一不小心，掩嘴
笑掉了牙齿。牙齿一样的石榴籽儿，一排一排的，这是好多的笑
话笑掉这么多的牙齿。其实，只一句话也就够了，就一句带着淡
淡水红色彩的笑话，就一句黑暗里咿咿呀呀响起的歌声就够了。
这些石榴成熟了。

　　听一下风的声音好了，微风，那种微风的声音。在耳边萦
绕，就像一个人把嘴巴贴在耳朵边说话。说着那种叫人脸红的
话。秋天院子堆起的麦草垛是一个好去处。我记得我在一篇文章
中讲述过我就着月光，躲在麦草垛里写情书的事情。这里我还得
说说这件事情，风很微、很柔，坐在月光里没事情干的时候，就
想到了写一封散发着新麦秆气息的信。躲在麦草垛里，我就听到
风的声音，纤细，很小心的声音，一遍又一遍灌进麦草垛里。我
嗅到了麦子的气息，我嗅到了她的气息。我相信我是进入了一种

气息里，我把一种气息描写成功了，要是她能接到那封信的话，我相信她也会躺在一种气息里接纳我。可惜，这种气息在我第二天醒来的时候，被一场秋雨洗劫一空。

我记得是月光退场了，星星点灯而来。在我写完那封洋溢秋天气息的情书的时候，村庄的一对恋人也正在麦草垛里。他们一定是找到了一种气息。偷偷走到麦草垛里，开始是数天上的星星，一颗，两颗，三颗。那是一颗北斗星，那一颗流星消失在山后。一只猫蹲在麦草垛里，静静地，好像没有呼吸，也没有发出一点叫声。接着他们眺望山头的那些树，一棵，两棵，三棵。一棵白果树，一棵老松树，一棵皂角树。这些他们看惯了的风景，今夜好像都是那么富有新意。接着他们嗅到一种气息，新麦子的气息，甜甜的，酥酥的。他们躺下来，把星光拥在怀里，把气息拥在怀里，最后他们拥在一起。

猫失望了，它守了一夜的老鼠这时钻进洞里，不敢再到麦草垛里去逍遥。猫只好抗议地叫上一两声，悻悻离开麦草垛。把那一个温馨的现场留给他们这对恋人。猫懂得谦让，它一步两步消失在黑暗里。

哪晓得天公不作美，猫离开的时候，秋雨淅沥而来。点点星光还在，可雨已经稠稠下起来了。他们抬头望天，哦，星光含水，雨淋淋。走吧，留着那美好的现场走吧。这时候的星光，寻寻觅觅，冷冷清清，一颗一颗清晰可见，又含着凄凄泪水。星光不答应，多想给这对村庄的恋人一片银质的世界，星光忍不住泪流满面。泪水湿了夜空，泪水湿了世界。

星光退去，秋雨绵绵。气息没有退去，贴着这些躺下吧，静静地在村庄里的秋雨里。

树芽风

我喜欢惊蛰这个节气。"二月节，万物出乎震，震为雷，故曰惊蛰。是蛰虫惊而出走矣。"（《月令七十二候集解》）春雷响，万物长。其实，惊蛰这个时节里，最忙碌的是风。

在树芽风里，我去了黑石坡，是奔着那些阳光去的。我想，春天的阳光是可人的，我没有想到有风。上到黑石坡，站在山垭上，阳光照着，风却一阵阵吹来。看到一大片李子树，树枝光秃秃的。几只鸟儿停在树枝上叫，它们歪着小脑袋，叽叽喳喳了一阵子，像是认识我一样，它们肯定知道我是年年这个时候到黑石坡的。它们觉得我这个人挺怪的，每年只是到这些山头站站，什么也不做，什么也不说，站几个钟头，或者在山间小道上溜达一会儿就又消失了。它们望着我，很纳闷的样子。我望着它们，笑着跟它们打招呼。我走到那棵高高的李子树下，拍了拍李子树的树干，抚摸了一下它的枝条。嘿嘿，你来了，李子树很厚道地给我打了招呼。我点点头。摸在手上的枝条，有凸质感和温度。仔细一看，那些枝条上都冒出了嫩芽芽。抬眼再一看，满树的嫩芽芽，在风中摇摆，在阳光里舞蹈。

站在习习的风里，我和这片李子树的主人老权坐下来，点着一支烟，慢悠悠地吸着。习习的风里，有人闲不住，在地里一锄一锄地挖着什么。习习的风里，我和老权东一句西一句地说话。老权像李子树一样厚道："嘿嘿，你又来了。"我点点头，说："我又来了。"我停了一会儿，接着说："可惜这么好的太阳了，要不

181

是这背时的风，我就躺在太阳坝里睡上一觉多好！"老权哈哈大笑："这是吹树芽风，不吹，这些树呀咋抽得出条条。"我说："风不是吹落叶的吗，也吹长枝枝的？"老权说："这时的树枝不怕风啃，风越啃越往旺里长哩。"我笑了，说："老权，你把这风整得亲热的，用个啃字儿。"老权笑了："哈哈，这风是在啃嘛，你没见过那些母亲啃孩子的样子，在怀里一啃一个哈哈，孩子就在打哈哈中长大了。"我盯着眯着眼的老权，心里想，老权这个家伙不简单，就像这春天的树芽风一样不简单。

从黑石坡回到家，我急匆匆去了屋顶花园。花园里我栽的那些野蔷薇冒了暗红的芽芽。在风中我特地数了数栽在栅栏边的一株野蔷薇的寸芽头，一共35枝。我知道，"惊蛰不耙地，好比蒸馍走了气"。赶紧拿了一把铁锹，动了动土，然后浇了一遍返青水。接下来的几天，每天上班之前，我都要去花园，去看看被风啃过的花园。花园一天一个样子。刚刚第五天，野蔷薇的寸芽头已经蹿成了一小拃长的苗子了。微风中，我又数了抽出的苗子，

38枝。我纳闷了，比五天前多出了3枝。这3枝是在哪一天冒出来的？我竟然没有发现呢。它们是在习习风中，趁我转身时冒出来的吧。肯定是的了，它们在我转身的时候，噌的一声就冒出来了。也许它们是在那天我接远方朋友的电话的空隙，趁我说着不地道的普通话，忍不住一下子笑出声，冒了出来的。肯定是的了，它们在听我接电话的时候，噌的一声蹿了出来的。也许是一天早上，它们趁我提着水桶给其他花草浇水的时候悄悄走上枝条的。肯定是的了，它们总是背着我搞一点小动作，搞得我措手不及。也许是在一天中午，我端着饭碗，它们嗅到了我饭碗的香味，裹着香味它们飘上枝梢。肯定是的了，风帮了它们不少的忙。

从黑石坡回来，我把每天屋顶花园的风记下来：（1）2月28日，阳光里见风，天一天比一天亮，一天比一天高。要了黑石坡老权家的一株枇杷树栽在屋顶花园里。风啃着野蔷薇的嫩芽芽，也啃着我的手，我的手感觉冷飕飕的。（2）3月1日，风一阵阵啃来，小枇杷的叶子卷起了，野蔷薇的嫩芽芽在风中招手。我在风中给它们灌了一大桶粪水。（3）3月5日，风里，今天惊蛰。风一阵比一阵紧，风很着急，看着那些还没有抽出芽苞的植物，只好一阵阵着急地吹。风里我没有听见雷声，倒是我自己身体里的咳

嗽一阵阵响起，像一阵阵的闷雷。每年母亲的咳嗽要熬完春天才
会结束。今年春天，母亲的咳嗽从百里之外的乡下传到我的耳边，
我心里隐隐作痛。（4）3月6日，阳光隐在风里，野蔷薇的嫩芽已
经长成一小拃高的苗子了，我知道，那苗子的尽头就是花蕾了。
这风还要吹上一阵子的，所有的植物都发芽抽枝了，这风还要把
桐子花啃开，才肯罢休。花在风中绽放，母亲在风中咳嗽。

这风神奇的，啃过我花园里蔫秋秋儿的葱苗，一天蹿一寸。
3月2日早上才21厘米高，3月3日下午就又24.5厘米高了，可
以说成郁郁葱葱一片了。这风强劲的，啃过我花园里的几苗野菜
籽，前天早上才5片叶子，今天早上一看就8片叶子了，还抽出
了几穗花骨朵儿。嘿嘿，这风吹的，把我一株小茶花树吹开了，
一朵朵粉红的花绽开，像襁褓中的娃娃，真是可爱。

记得母亲说过，这树芽风一吹，这田里的庄稼就开始见风
长。对了，黑石坡老权说得多好，春天的风里，是风啃了这些刚
出土庄稼的身子，打着哈哈在长呢。

树芽风里，我会看见一棵棵树抽枝发芽，会看见一棵棵草冒
出尖尖芽，也会看见母亲弓着背咳嗽，弓着背扛着锄头下地。这
个时候，我仿佛身在瓦窑铺那个小村庄里，跟在母亲身后，听母
亲一遍又一遍在风中咳嗽。

云碰云

一片云与一片云相遇，在这偶然的相遇里，他们是不是像我
们人类一样看都不看对方一眼，自顾自地匆匆走过？时间飞快，

好像没有时间留给彼此相望的那一秒了。开着车的，提着包的，扛着水泥的，没事瞎逛的，都没有时间停下来看看自己身边的人一眼。云与云相遇，他们有的是时间，他们彼此微笑、握手，像好久没有见面的老朋友。他们的眼睛是那么干净，他们的交谈是那么随意，他们的凝望是那么神圣。也许，他们会停在一棵树下，拉着手说一些心里话。或者，停在树的阴凉下，陶醉在一曲音乐、一段美好的文字里。或者，他们什么也不说，就彼此拉着手，让各自想着各自的心事，听着彼此的心跳。也许，他们相遇在某个夜晚，在那银质的月光里，喝着茶，听那些虫子弹唱的曲子。天空有那些唧唧夜话的虫子吗？有的，不然，云彩会感到寂寞。也许，他们相遇在某个清晨，踏着露水，戴着花草帽而来，露水打湿了他们的衣衫，朝霞映红了他们的脸颊。他们彼此弯腰，给对方鞠躬，早上好，早上好，树上的鸟儿在欢叫。也许，他们相遇在一个小孩的梦里，给小孩绘制了一幅美好的梦境：蓝

天白云，草原河流，森林雪山；给小孩一个清醒的记忆：忘掉那些狭隘、浑浊、丑陋的东西。记住感恩和真诚，哪怕是一个与自己过不去的人的恩情。让小孩学会保存这些易碎品，一不小心散落了，消失了，就会悔恨终生。

一片云与一片云相遇，他们会怎样？

其实，他们只是微笑地相望了一眼。够了，只要这眼神就够了。这眼神是人群中最真挚、最温柔、最潮湿的目光，落在刚进城市的民工队伍里，他们突然眼前亮了起来。一个微笑不轻，是对他们进城的肯定。这眼神是有重量的，没有掺杂任何杂质，像冬日的炉火。落在那些街上扫地的、站岗的、卖菜的、蹬三轮车的人群中，他们在反复回味和表达谢意。一个眼神不重，却成为这些人群悉数收藏的金子。这眼神是妩媚而深邃的，落在某个角落，会让一些小小的花朵次第开放，会让小小虫子一遍又一遍

地跳跃舞蹈。一个眼神不远，却能穿越万水千山而来。一片云与一片云相遇，是这样的。我该对那些街上乞讨的人投去怎样的眼神？我该向卑微的身子、瘦瘦的影子投去怎样的眼神？我该对那怯怯的、可怜的麻雀投去怎样的眼神？我该对那每天迎接我的天空投去怎样的眼神？云彩飘过，云彩没有回答我。

一片云与一片云相遇，他们会怎样？

其实，他们只是碰了碰身子。啊，够了，这是多么纯真的礼遇。用身子拥抱，用身子问好，世界上最好的语言是身体。在彼此的触碰中，他们会感到是不是伤害，是不是怀着恶意。那肯定是一场美好的约会，是两个战士的约会，身子碰身子后，接下来就是用热酒表达感情。用碗喝还是用杯子喝，碗似乎更适合那个场面。那肯定是一对情人的约会，相互拥在怀里，月光在醉，星星在眨眼睛。那肯定是一双鸟儿的聚会，在筑的鸟巢里，他们挨着身子，读书、歌唱、眺望月光。那肯定是一块土地的约会，油菜子和麦子紧挨在一起，趁着夜深的时候，他们也凑在一起互相点缀。云碰云，雨淋淋。那一定是相思的泪，一定是相聚的喜悦。我不知道，我要是和一片云相遇，我将是怎样的表情和心跳。

在这飞快的相遇里，其实我们做不了那么多，我们只需要一个微笑和一个眼神就足够了。

如果我能和一片云相遇，我一定带上好多的露水、好多的阳光、好多的微笑，与云凝望，与云碰碰身子。然后转身，回到大地，不伤害一片草叶。

进山小住

中秋节前夜，一轮似圆非圆的月儿伴我们进山。五指山，汽车在峡谷陡坡上缓行，月光朗朗，微风凉凉，心田爽爽。突然，汽车拐进一个开阔地带，月光铺了一地，我们的笑声铺了一地。山野的寂静一下子撕开了，溪水潺潺，蛐蛐唧唧。山野的声响此起彼伏，一声息了，一声又响了，一阵阵相随，一阵阵相逐。

主人把桌子摆在月光下，一桌饭菜敬月光，也敬我们这些远道而来的客人。开始大家都有些拘谨，几杯酒和月光下肚，夜色朦胧中的那些豪爽起来了，心间的诗意泛滥了："举杯邀明月，对影成三人。""青天有月来几时？我今停杯一问之。"酒已满，秋月已满，仿佛世间的喧嚣已远。

我离席去了，去了田间。在月下，我独立田间张望，那些高山稻谷，那些远山近水，那些落叶秋风，那些晨起露珠，沾满了我的衣袖。我静静地走在田间小径上，尽量放轻自己的脚步，尽量放缓自己的呼吸。可是，那些沾在我衣袖上的沉重，还是惊动了草丛中的秋虫。它们集体屏住呼吸，没了声息，四野萧然。它们肯定嗅到了我身上的铜钱气，它们肯定感应到了我世俗的脚步，它们肯定知道自己的世界闯进了一个不速之客。它们试探性地叫了一声，我立马讨好地学它们应了一声。它们吓了一跳，在

心里反复揣摩这遥远陌生的声响。最后，它们浪潮般笑了。对于这些秋虫，它们的内心世界，它们的天地，人也许永远不会懂得，人也许永远不能贸然闯进。我的进入，是对它们的一种嘲弄。

也许，这时候我只有坐在田坎上倾听。秋风来了，把它揽在怀里；月光来了，把它盛在心里；露珠起来了，把它装在衣兜里。只要这样静静地坐着，什么话也不要说，什么事也不要想。身旁那些稻谷在沉睡，身旁那些秋虫开始进入梦乡。我醒着，我的世界醒着。我多么想做那么一穗稻谷，立在稻田里，从抽穗、灌浆，扎扎实实做一穗稻谷，然后立在秋风里，等待收割。远处的山峰沉默不语，我和山峰对峙着，我想说的话在心里。山峰懂我的意思，山峰最懂得沉默。山峰也是有语言的，看它笑容可掬，唇膏美艳，轮廓分明的一个美女子。"……与其在悬崖上展览千年／不如在爱人肩头痛哭一晚。"这写山峰的诗歌醒着，我也醒着。山峰知道的，我不知道。比如，它知道在星光灿烂的日子保持沉默，在人前人后保持沉默。好多事情神不知鬼不觉，说不定就被山峰看得一清二楚。久了，人都忽视了山峰的存在，只有山峰一如既往地注视着人呢。山不会跑来跑去，它站在那里就站在那里，不轻易变化姿势和容颜。山更不会巧舌如簧、滔滔不绝，它懂得倾听，从不歪曲事实真相。许多时候，它更像一个沉默的老人，静静地看着一点点风雨飘下，静静地看着雪花一片片地把大地覆盖。幸福与不幸都在这些沉默中，都变得如此简单。

也许，好多年前这株树就知道我会来。它是专门陪伴我，才生长在这个田坎上的。能在这个星光灿烂的夜晚相遇相知，心里会有很多的感受。也许，这株树长得很辛苦，曲曲折折地长了好多年，都是为了等待我今夜的到来。也许，这株树长得很顺当，一直有主人爱护着，它这一辈子不会干一件轰轰烈烈的事情，它只为平平淡淡等我。这种等待不必盛装，今夜不必盛装。树保持着一颗木质的心，没有夸张，没有小悲伤，它素面朝天地等着我。今夜的我，没有伪装，没有遮掩，我还原一个真真实实的我。我们的见面，没有拥抱，没有仪式。我们的见面，就像在小路上遇见一只虫子，就像路口吹来的一缕微风。不管是衰老还是贫穷，我们都等待着。不管是头发白了，还是眼花了，我们都会回想起过去眼神的柔和，都会在衰老的脸上看到微笑的皱纹。我静静地坐着，我和树静静地坐着。坐着坐着，我觉得多少年前一定有一个人像我一样，在这块田坎上坐过。他也许像我一样望着对面的山峰，一句话也不说；他可能看到成片的村庄和树木，和那一缕升起的炊烟，他心里就生出一些幸福感；他也许在暮色中看见一头公牛追赶母牛的样子，他在心里偷偷地笑；他可能想到了灯火中绣鞋垫的女人，和从窗口飘出来的歌声，他的心里开始痒痒的；他可能就那么坐着，和身边的草、树一起坐着……也

许，他心里有许多的委屈，他要坐在夜色中，叫这株树陪着。也许，就是那么一小会儿，他心里的委屈就被一一化解了。我相信一点，我只要坐在乡村的田坎上，我困顿于城市的心情，会由此好起来。

不知不觉中，有雨从山间飘来。刚才的月儿躲进云层，不见了踪影。一会儿云层变薄，月儿钻出云层，高傲地俯视着我们。细细的雨，有的像雾裹在田野、缠在树枝上，田野、树枝似披上了一袭月光袈裟；有的凝成亮晶晶的水珠，滴在树叶上，滴在田野的草丛中，滴到我的手掌和脸上，沁人的凉。这时候的月儿，挂在山峰，低低地微笑着。一边月儿，一边下雨，清新的空气里荡漾着歌声："八月十五月儿明呀！爷爷为我打月饼呀！月饼圆圆甜又香啊！一块月饼一片情啊！……献给爷爷一片心哪。"歌声里，我突然嗅到撩人的桂花的香，这香气是从月宫飘来的，这香气是从雨中飘来的。只有月光，才会这么内敛低调；只有夜雨，才会这么隐秘纯净。我站在秋雨中，似那一夜秋雨染红的枫叶，似那月光镀亮的一座山峰。

这个夜晚，我把自己隔开。隔开那些喧嚣的声响，隔开那些世俗的眼光，甚至隔开与外界的联系。我关掉手机，我需要在这个夜晚消失一会儿。我需要在这个夜晚找到自己的安静。我有必要向山野深处走去，我没有必要理会身后朋友的大声呼喊。我走的是羊肠小道，月光一直跟着。我不需要抬起脚跑动，我只需要静静地走着，悄无声息地走着。因为我知道，我不能打扰了正在密谈的蛐蛐，它们明天一早就要远行。我不能惊动了那些沉睡的鸟儿，它们嘹亮的歌声不能有一点儿沙哑。我不能阻挡了溪流的脚步，它们缓缓流淌的乐曲不能停下。甚至我不能惊动那一树成

熟的果子，它们甜蜜着孩子们的明天。甚至我不能惊动那洒在田野里的一片月光，它们飞翔的翅膀刚刚歇下。我安安静静走着，我会在安静中发现：一枝稻谷上的一虫儿，正扇动翅膀，追逐月光下的雾气。一对蝙蝠在月光下追逐飞翔，泛起点点银光。一滴露珠从草间滚下，吓了小甲虫一大跳。我还会从安静中听见：一穗稻谷抚摸另一穗稻谷的声音；一棵树拥挤另一棵树的声响；一双翅膀温暖一双小手的声音；一缕月光覆盖田野的声音。这些景象，只有在安静中能够看见；这些声音，只有在安静中可以听见。我不由得在心里说：珍惜今夜月光，珍惜这些隔开。

　　这个夜晚，我忽然感受到了自己的一个崭新世界。这个世界安静得只剩下我自己。这个世界安静得容不得半点声响。回到城里的每个夜晚，我都将起程，梦回五指山一回，我知道，那里的一棵树在等我，那里的月光在等我，那里的溪水在等我。

　　这个夜晚，要不是月光躲到山后，要不是夜雨越下越大，我不会回到那个小屋，我要静静坐在山野里享受和倾听。夜雨送我

回到小屋的时候，我才感到夜雨已经打湿了我的头发，打湿了我的衣衫。我换下衣衫的时候，我知道我已经沾上了山的气息，雨的湿润，月的皎洁。

这个夜晚，我小住在山中，那么幸福地呼吸着，那么均匀地享受着山野的气息，我从未有过的舒畅、安静、纯净。但愿我转身走出山中的时候，多年后我进山还能看见这些朋友。

五指山一夜，隔开我的现在，我的将来会飞得更远吗？

城市后山

　　那天，我绕过铁路，走过一座红色的加油站，绕到这座城市的后山。土路，青草覆盖。缓坡，树木掩映。一坡金黄的油菜花，一坡青青的麦子。油菜花在飞舞，麦子在扬花，刺花在闹着开放。后山的宁静，是我没有想到的；后山的芳香，是我没有想到的。在路上，我尽量放轻脚步，尽量平缓自己激动的心情，我不希望我的到来扰乱这座山的宁静，我不希望我的琐碎扰乱这座山的芳香。

　　尽管这样，我还是惊动了一对在麦地谈情说爱的斑鸠。它们"唰"的一声飞起，从我的脚下，隐到近处的柏树林里，留给我的是一道优美弧线。我站在它们飞起的地方，孤单而寂静。这时候，我注意到这对斑鸠飞起的地方，一丝阳光照着，流光溢彩，光洁照人。几根羽毛，在阳光里闪光。我拾起那几根羽毛，灰白、柔软、温暖。我想它们是对着阳光，对着山这面镜子，在相互用手梳理羽毛吧，梳去了一些烦恼，梳去了一些琐碎。对面山沟里是蓬勃开放的刺花，银白一片，漂亮干净，大片的白也显得那么壮美异常。这对斑鸠是在一尘不染的银色里谈婚论嫁。要不是我的草率，它们会等到太阳下山，它们会沉醉在那份宁静里。这里是蜜糖罐子，盛的是满山的春风春雨；这里是青花酒坛，盛的是陈年佳酿。斑鸠，把后山作为自己的新房。我的到来，打扰了这对斑鸠的甜蜜，打翻了盛蜜的陶罐。

　　沿山路而上，看到拐角处一户人家。一口池塘，一坡马尾松，一块农田。农舍旁一条狗卧在窝里，警惕地看着我。我仿佛回到了瓦窑铺山村，回到了我的出生地，多么熟悉的乡村风景。从农舍走出一个小孩，他跟跄着走向土弯的农田里，他要去摘含苞欲放的一朵花，一步，两步，快到花朵旁的时候，他激动得摔在了地上。花骨朵儿颤动了一下，笑了，开始他咧着嘴是想哭，看见花儿，却咯咯咯地笑出了声。在农田里耕种的父亲，没有看见小孩被绊倒，或许，他看见了，也不去管他，他们信奉小孩不摔打长不成人的道理。我庆幸小孩是被一朵花绊倒的，也许，那是幸福的绊倒。眼前的一切，多么像是昨天我在瓦窑铺。我看着小孩摘下那朵花，继续朝前走。

　　后山的尘埃、青草唤起我对山村的记忆。山村的人和事都在我记忆的后山里被唤醒。记得比这个时候要晚，是割麦子的时候，我在离家一百多里外的乡中学读初中。有同学的家离乡里不远，我们几个偷偷邀约去帮着同学割麦子，实际上是想去混饭吃。新麦面馍，我们总觉得吃不够。麦子没有割个名堂，肚子倒是撑得很圆。有一次，我还没有割几把麦子，左手大拇指就被镰刀划去一小块肉。我丢下镰刀，就往乡卫生院跑。酒精消毒，一股钻心的痛使我的眼泪一颗一颗滚了下来。更不巧的是，那天我们被班主任苟老师发现，罚我们站在学校门口的梧桐树下，背了三篇课文。他恶狠狠地说："看你们几个，今后就是个割麦子的样子。"停了停，苟老师走到女同学梅的身旁，梅的头已经低得很低了。他仍然没有放过："还有你，一个女娃子，天天跟男生混在一起。"我心痛，我的左手大拇指在钻心地痛。我控制住了自己的眼泪。

可那天，我有一种特别的满足。等我们站在梧桐树下背完课文的时候，女同学梅站在梧桐树下，轻声叫我。粉红色的上衣使梅依然是那么靓丽。"专门带给你的！"她递过新麦面馍的时候，我发现她眼角有泪痕。我不知道她会带麦面馍给我，我不知所措。"带给你的，我知道你没有吃！手严重吗？"我先是点头，然后摇头。我接过麦面馍，新麦的气息传来，我感觉特别满足。转眼之间，我却没有控制住自己幸福的眼泪。但是，现在梅在哪里？我只是隐约知道她去了沿海打工。一个在天边，一个在山间。隔着遥远的路途，我们不再见面。但今天，我在城市的后山，还能够幸福地想起梅。

边走边看，边走边想。我走到一大片马尾松林里。落了一地的松针，我毫不犹豫地躺在这张自然的床上。也不要阳光，也不要雨露，我只要这样静静地躺着。什么话也不要说，什么事也不要想。身旁那些拔节的草暂时不要动，身旁那些小虫暂时不要跑，只要静下来，坐下来。其他啥子都不要，不要。来看，那只七星瓢虫，漂亮的小家伙，黑色的斑点印在红色小甲壳上，它趴在黄茅草的草尖上，一动不动，就像我躺在松软的松针上。它像一个红色的标点符号——句号，我像一个长长的感叹号。此时此刻，我为这只小瓢虫感动着，我躺在地上，它陪着；我沉默不语，它陪着。在外人眼里，它不过是一只小虫子，在我眼里，它却是我的朋友。我伸出食指，它就落在我的指头上，试探地在我的手掌上跑动。沿着那些纵横交错的掌纹，它就像一个看手相的大师，在我的手掌上指画评说。生活线、爱情线、生命线，它都一一跑过。它已经完全掌握了我的命运。它笑容可掬，唇膏美艳。它的光辉映照着我。它停在我的掌心，它应该感受到我的温暖，它应该明白我的慈悲心。我轻轻握了拳头，它是否知道那是一个温暖港湾。它没有懂我的意思，它立马跑动起来，从我的指缝间溜走。它以为进入了一个黑色隧道，它立马向光明奔去。我笑了。

一只小虫子，其实不需要人那么关心它，它只靠它自己内心的爱，它的天地，人也许永远不会懂得。对于自然，对于小虫子，人显得总是那么无趣、那么无奈。英国诗人济慈在《蝈蝈与蛐蛐》中写道："大地的诗歌从来不会死亡／当所有的鸟儿因骄阳而昏晕／隐藏在阴凉的林中，就有一种声音／在新割的草地周围的树篱上飘荡／那就是蝈蝈的乐音啊！它争先／沉醉于盛夏的豪华，它从未感到／自己的喜悦消逝，一旦唱得很累／便舒适地栖息在可喜的草丛中间。"诗歌不会死亡，我呢，小虫子呢？

落日已经过了对面山峰，我起身下山。我得从后山回去。回到那个城市的小居住房里。

　　我想，我是爱上后山了。这天，我又绕过铁路，走过红色加油站，来到后山。成片的油菜花已经凋落，花一谢就结起了籽籽。土路下的麦子开始收浆，麦秆起了麦黄色。成沟成谷的刺花凋零，春阳开始热人。哦，成片、成岭、成沟、成坡的槐花却开了。耀眼的白、单调的白、汹涌的白，微风过处，阵阵槐花香。从花海里传来几声牛铃声，把单调的白摇晃了一下。牛铃伴着几滴小雨，槐花香更浓了。我到处寻找那些牛群，只听得见牛铃声，却见不着牛群。槐花在深处，牛铃在深处，只有毛毛雨淅淅沥沥下着，把我的头发淋湿，把一段土路打湿。

　　我摘了几串槐花提在手里，放了几粒花在嘴里，慢慢嚼着。幽幽的香气立马包围在我的周围。一片槐花在山头，就是一大块白釉在山头流淌。单调的白也能热烈。这些白釉经过了怎样的烧制，经历了多少个寂寞的昼夜？这么纯粹的白釉，来自怎样神奇的一双手？那和泥旋转的原始作坊是牛铃摇晃的院子吗？那些牛铃是山村的哨音，有牛铃就有炊烟。但这么多年，我已经好久没有听见过牛铃响起了。早年在牛铃声里长大，跟在牛屁股后读书，牛铃伴奏，我高一声低一声读着那些古诗词。我知道，牛铃就像那些村里的鸟叫一样珍贵。可以想象，一头牛要是没有牛铃伴奏，它摇晃着身子，是要到屠宰场，还是要到乡村的草场？在出奇的宁静里，在神奇的白色中，有牛铃摇响，我觉得是这座山的幸福。我以为，这牛铃声也是宇宙间的声音，是大地上的一种善意提醒。这里是牛群，这里是后山。一个山上，有槐花、有树木、有鸟叫，还有牛铃声，这就是这座山的完整和庄严。我也想知道，我瓦窑铺的山村在这个时候，会不会有槐花开放，会不会有牛铃伴奏着槐花开放。在故乡的山上，我曾经幻想自己是它上面的一棵树木或者一棵青草。可事实上，我在离开故乡的时候，我都没有做成一棵树或者一棵草。那些树都太质朴和倔强，我没有那样的品质超群；那些草都太纯粹和卑微，我没有那样的气度不凡。但是我相信，要是我不离开山村，久而久之，我会成为一棵倔强的树，我会成为一棵卑微的草。今天，在我离开山村 20年后，我又找到了一座后山，余下来的时间我可以与草木相伴，许多自然的物语，许多隐秘的声音，我又可以在后山找到、听到。生活的一切都还像当年在山村一样，在这座后山有节奏地进行着。真的，后山可以叫我大大方方地回到一只虫的世界里，听见一群牛的呼吸；在槐花飘香里，我找到了缓解身心疲劳的作坊，那些旋转白釉的原始作坊，那些可以看见老家听见牛铃的作坊。

正是这小小的作坊，它盛下了我的全部。

我无法拒绝后山对我的诱惑。这天，我再次绕过铁路，走过红色加油站，来到后山。我在心里一直装着这座山。我关心从后山飘来的一朵云，或一阵细微的雨。

我没有想到后山的桑葚熟了。紫色的桑葚，黑紫的眼睛，在桑叶间流动。走上一条土路，我就发现桑葚，夹在绿叶间。熟透了的桑葚已经滚落了一地。鸟雀静静地在树上啄食，见我走过，也不惊不乍。鸟雀一副独守的样子。桑葚看上去也快乐，也伤感。桑葚泛着的红晕，像湿湿的红唇。桑葚深深的紫色，像紫色妖姬。

我知道后山有一片片的槐树，我没有注意到还有一树树的桑葚。密密的，一树挨一树。仔细一看，原来一棵茂盛的桑树上，蹲着几个女学生，在吃桑葚，嘴唇已经染上浓浓的紫色。她们相互笑着："不用涂口红了，已经染得像个紫色妖姬。"我从她们树下经过，她们就摘了桑葚掷过来，打在我的白色衬衣上，白色的衬衣上立马印上了紫色的果汁。我并不恼，笑笑，叫她们小心不要从树上掉了下来。她们笑着说："掉下来，不外乎成了紫色妖婆。"从桑树几片绿透的叶子上，几颗紫色的桑葚上，我认识到了乡野的单纯，那些单纯是那么动人。我在诗篇里写过：桑葚，一个单纯的女生／你把眼睛留在绿叶间／把紫色涂抹在乡野的黄昏／哪一天，我回到乡野／你是否还认识我这个男生？

我的父亲说过，桑叶是蚕的上好食物。那些小蚕儿一吃桑叶，几夜就灰扑扑长出三四寸长了。再几夜，蚕就吃得发亮，仰着头上山了，就一个个在"山上"结了雪白的茧子。我曾经很纳闷，那小小蚕儿吃桑叶，却像是一把把铡刀铡桑叶一样，声音脆响。那一片片绿桑叶，叫蚕儿吃下去，却吐出了白澄澄的茧子。

绿和白，在蚕儿嘴里快速转化。今天，这些吃桑葚的孩子，那些紫色桑葚将给她们怎样的转化呢？确实，在山村的那段日子里，我吃了不少的桑葚，我的内心肯定沾了桑叶的气息，我也离蚕的品质最近。在桑葚的滋养下，我的气息，我的光芒，都闪烁着劳动的喜悦。

某一天，是寻到后山的一周后，或者十天后。最多不超过半个月。我又一次绕过铁路，走过红色加油站，来到后山。我惊讶，短短的这么些天，后山就被一阵机器轰鸣声包围。

听见那些嘈杂的机器轰鸣声，我就忽略了后山的麦田、油菜籽，或者那些槐树、桑树。轰鸣声过于猛烈，就忽略了后山的实质。那些麦田、油菜籽的上空，或者槐树、桑树的每一叶片上面都是轰鸣声，甚至整个后山的空气里都是轰鸣声。后山的一个山坡已经被机器削去一大片，平整出偌大的一块平地。裸露的岩石比后山的树要显眼。别扭得显眼。几辆挖掘车在忙碌，一群人拿着拳头粗的电钻，在打孔钻眼，准备放药炸山。我走过去问他们："炸山吗，干啥呢？"他们表情麻木，眼神呆滞，极不情愿地说："不知道搞啥。"停一下，一个老头儿补充道："好像是说建电视接收站，还不是为了城里人。"我无语，新翻的泥土和炸药味道鲜活，我有些头晕，特别是炸药的味道，它给予了我爆炸和毁灭的双重想象。它把我的美好爆炸，它把我美丽的后山毁灭。我在后山的足迹也被轰鸣声掩盖。

一些小路，被车辆轧宽、轧乱，到处是泥泞。后山的一切，正在迅速发生变化，仿佛一夜的工夫，我就不再认识后山，我仿佛走错地方。以前宁静的后山显得出奇的沉默，我的疑问没有谁来回答。这时候后山沉寂得更像是一处遗迹。

　　三包新土覆盖的坟墓，静静地躺在马尾松林里。坟前立着一个碑：郑家墓地。记着：城市开发搬迁我家祖坟，为了后来子孙祭奠，特把祖坟从塔山湾搬至回水湾。看来，城市正在一点点挤掉我们的空间，包括我们祭奠的空间。我不敢想象，接下来，我的后山也要被城市挤出去吗？到那个时候，搬过的坟墓还要往哪里搬？我的那些槐花，我的那些小瓢虫，我的那些牛铃又往哪里去呢？

　　我的后山，但愿始终是我的一方梦田，我可以随时到后山枕一方美梦。我相信那些轰鸣声终要停止，那些毁灭终要离去。后山终还是我的后山。"每个人心里一亩一亩田／每个人心里一个一个梦／一颗呀一颗种子／是我心里的一亩田／用它来种什么／用它来种什么／种桃种李种春风／开尽梨花春又来／那是我心里一亩一亩田／那是我心里一个不醒梦。"（三毛《梦田》）后山终还是我做梦的地方，不醒，不醒，永远都不要醒。